A Inconcebível História de

Friederich Estrotoratch

Editora Appris Ltda.
1.ª Edição - Copyright© 2024 do autor
Direitos de Edição Reservados à Editora Appris Ltda.

Nenhuma parte desta obra poderá ser utilizada indevidamente, sem estar de acordo com a Lei nº 9.610/98. Se incorreções forem encontradas, serão de exclusiva responsabilidade de seus organizadores. Foi realizado o Depósito Legal na Fundação Biblioteca Nacional, de acordo com as Leis nºs 10.994, de 14/12/2004, e 12.192, de 14/01/2010.

Catalogação na Fonte
Elaborado por: Dayanne Leal Souza
Bibliotecária CRB 9/2162

C837i
2024
	Costa, Wendel Elias da
	   A inconcebível história de Friederich Estrotoratch / Wendel Elias da Costa. – 1. ed. – Curitiba: Appris, 2024.
	   183 p. : il. ; 23 cm.
	
	   ISBN 978-65-250-6537-3
	
	   1. Idade Média. 2. Loucura. 3. Vingança. I. Costa, Wendel Elias da. II. Título.
	
	                                                                      CDD – B869

Editora e Livraria Appris Ltda.
Av. Manoel Ribas, 2265 – Mercês
Curitiba/PR – CEP: 80810-002
Tel. (41) 3156 - 4731
www.editoraappris.com.br

Printed in Brazil
Impresso no Brasil

Wendel Elias da Costa

A Inconcebível História de

Friederich Estrotoratch

Curitiba, PR
2024

FICHA TÉCNICA

EDITORIAL	Augusto V. de A. Coelho
	Sara C. de Andrade Coelho
COMITÊ EDITORIAL	Marli Caetano
	Andréa Barbosa Gouveia (UFPR)
	Edmeire C. Pereira (UFPR)
	Iraneide da Silva (UFC)
	Jacques de Lima Ferreira (UP)
SUPERVISORA EDITORIAL	Renata C. Lopes
PRODUÇÃO EDITORIAL	Bruna Holmen
REVISÃO	Cristiana Leal Januário
DIAGRAMAÇÃO	Amélia Lopes
CAPA	Daniela Baumguertner
REVISÃO DE PROVA	Bruna Santos

*Dedico à memória de meu pai, cuja existência
foi para mim inspiração de bondade, paciência e esperança.*

APRESENTAÇÃO

Esta é a história de um louco. Ou seria um gênio? A história de Friederich Estrotoratch poderia ser comum como muitas outras, no entanto, sobrepõe-se, equilibrando-se entre loucura, fantasia e realidade. Procurei introduzir também um toque de humor, deixando a leitura mais leve. Talvez o personagem principal não esteja lúcido, porém seus problemas são comuns à maioria das pessoas. Certamente, em algum ponto do livro, haverá uma identificação entre personagem e leitor, como ocorreu com o autor.

Este livro é fruto de um trabalho longo e árduo, iniciado quando eu ainda era muito jovem. Imaginação e vivências se misturam em proporções exatas. Existe em um homem a história de muitos outros; personalidades e características distintas que, ao se misturarem, construíram a originalidade de Friederich. Trata-se, de fato, de uma história única.

Por ser um livro que iniciei muito jovem, passou por muitas alterações ao longo dos anos. Gosto de pensar que a narrativa de Friederich evoluiu junto comigo. Sempre fui um grande apreciador dos clássicos da literatura mundial, essa influência pode ser percebida no estilo de escrita. Histórias fantasiosas, aventuras em lugares inóspitos e perigosos; tudo isso sempre me encantou. Obviamente, também cativa a Friederich.

O anseio por aquilo que é misterioso e incógnito culminou em muitos casos, por vezes desagradáveis, algunsinéditos e outros cômicos. Tendo existido em uma época difícil da humanidade, Estrotoratch afrontou inúmeras complicações características daquele tempo, como a fome, o trabalho escravo, a injustiça e a impunidade, o que culminou em sua possível loucura, que se confunde por vezes com inteligência e excesso de criatividade. Em meio a tudo isso, procura vingança contra um ser bárbaro, que lhe tirou o pouco que tinha.

Tenho delineado mais histórias para o personagem. Na verdade, há outro livro em execução, seguindo os mesmos parâmetros desse. Espero que possa satisfazer o leitor com a narrativa aqui apresentada, deixando certo desde já que há mais por vir.

SUMÁRIO

CAPÍTULO 1 11

CAPÍTULO 2 17

CAPÍTULO 3 26

CAPÍTULO 4 32

CAPÍTULO 5 36

CAPÍTULO 6 43

CAPÍTULO 7 48

CAPÍTILO 8 55

CAPÍTULO 9 64

CAPÍTULO 10 69

CAPÍTULO 11 77

CAPÍTULO 12 86

CAPÍTULO 13 93

CAPÍTULO 14 102

CAPÍTULO 15 107

CAPÍTULO 16 118

CAPÍTULO 17 125

CAPÍTULO 18 132

CAPÍTULO 19 137

CAPÍTULO 20 145

CAPÍTULO 21...154

CAPÍTULO 22...166

CAPÍTULO 23...172

CAPÍTULO 24...184

Capítulo 1

O sol batia em sua face, fazendo-o sentir o calor de mais um verão, que se aproximava no ano de 1465. Demorou para perceber que não estava em sua cama. Quando abriu os olhos, sobreveio-lhe a dor de cabeça, consequência tipicamente destinada àqueles que, na noite precedente, se perderam em uma forte, porém necessária, bebedeira.

Percebendo que não estava em condições normais (não tinha o costume de afogar as mágoas com álcool), decidiu levantar-se e tentar lembrar, ou entender, o que havia acontecido na noite anterior. Compreendeu de imediato que estava em casa e que havia passado a noite de frente para a porta de entrada, a qual não teve sequer o cuidado ou as condições de fechar.

Ao seu lado, encontrava-se o líquido que o fizera tagarelar durante grande parte da noite. Porém, naquele instante, não sabia o que havia cometido, portanto nada o preocupava. Somente algumas horas mais tarde, com a chegada de seu amigo Saymon, pôde saber onde estivera e o que fizera.

Levantou-se e buscou água para beber, pois sentia forte necessidade de saciar a sede. Não pensou em comida, pois fome não tinha e, mesmo que tivesse, não possuía mantimentos. Sentou-se em um banco de madeira, que compunha quase toda a mobília de seu barraco, acompanhado de uma mesa que havia feito havia alguns anos. Mais ao canto, alguns tijolos de barro, empilhados em duas colunas paralelas, formavam seu fogão, onde vez ou outra preparava alguma comida.

Estava perdido em seus pensamentos quando ouviu que alguém se aproximava a cavalo. Não demorou muito para perceber que se tratava de seu amigo Saymon. Vinha à forte galope, de modo que, em alguns instantes, já amarrava seu alazão em uma das estacas que sustentavam sua morada.

— Cuidado com o lugar onde prende seu animal, Saymon! Se ele se assusta e força esta estaca, terei de procurar outro lugar para morar, isso se não morrer soterrado sob os escombros! — disse.

— Não se preocupe meu amigo! Meu cavalo é manso e não tem motivos para se assustar. Mas me diga: como tem passado desde ontem? — perguntou o amigo.

— Não sei dizer com precisão, mas não tenho passado muito bem... Sinto fortes dores de cabeça e não me recordo de quase nada do que aconteceu! — respondeu.

— Não me admira, já que bebeu como nunca vi homem algum fazê-lo. Suponho que tenha tido uma boa razão para tanto.

Essas últimas palavras gelaram-lhe a espinha. Recordou-se dos motivos pelos quais havia se embriagado. Lembrou-se da dor, forte, quieta, obscura. Não precisou dizer nada a Saymon, pois certamente ele percebera que havia uma razão, mais forte do que qualquer outra, para ter se comportado daquele modo. Sim, Saymon haveria de saber. Ele era seu amigo, conhecia-o havia anos. No entanto, não sabia tudo sobre ele.

— É fácil perceber que não tem passado por bons momentos, meu amigo. Ontem, por mais bêbado que estivesse, de maneira alguma, quis contar-me os motivos que o levaram a tudo aquilo — disse-lhe Saymon.

— São razões dolorosas, caro Saymon.

— Eu compreendo. Porém, deve-se recordar de que me pediu que viesse até aqui hoje.

— Sim, é uma das poucas lembranças que tenho.

— Pois então, Friederich. Por que me pediste que viesse visitá-lo hoje de manhã?

— Já lhe direi, meu amigo. Primeiro gostaria que me dissesse o que houve ontem à noite.

Saymon parecia impaciente, e, de certo modo receoso com tudo aquilo, mas procurou acalmar o amigo tanto quanto possível, fazendo-o aguardar para que lhe contasse o que tinha de dizer. Levava consigo alguns pães e os ofereceu a Friederich, que os recusou. Porém, Saymon asseverou que era preciso que se alimentasse e, de tanto insistir, o amigo comeu. Foi bom, pois começou a sentir-se melhor e mais bem disposto. Friederich era um homem magro, de idade avançada. Percebiam-se em seu olhar as amarguras pelas quais passara, as tristezas e dificuldades que formaram o homem que protagoniza esta narrativa.

— Verdadeiramente não se recorda do que se passou ontem? — indagou Saymon a seu amigo.

— Já disse que não me lembro de nada, apenas de ter-lhe pedido que aqui viesse. Não sei nem como voltei para casa.

— Está bem, Friederich. Porém, asseguro que foram tantos os acontecimentos que nem sei por onde começar.

— Recorde-me somente do básico, e não é tão importante que eu saiba em detalhes o que aconteceu, por isso comece pelo início. Como nos encontramos? Onde? A que horas?

— Encontramo-nos em minha casa. Você apareceu por volta das 18 horas, dizendo que precisava a todo custo distrair a cabeça e conversar um pouco. Falamos sobre o tempo, jogamos cartas. Estava tudo dentro dos conformes até que você me perguntou se não havia algo para beber.

— Não me lembro de nada disso — disse Friederich.

— Sim, você me pediu algo para beber, e eu respondi que havia somente vinho, imediatamente abrimos a garrafa. Foi a primeira de muitas, adianto. Continuamos a conversa normalmente, enquanto ainda estávamos sóbrios. Na terceira garrafa, começamos a cantarolar, então resolvi que não beberia mais. Você, no entanto, continuou a beber sozinho. À medida que o tempo passava, eu me sentia mais e mais sóbrio, enquanto você estava mais bêbado.

— Realmente, não estava nada bem ontem — comentou Friederich com as duas mãos sobre a face, como quem procurava escorar a cabeça que parecia querer cair-lhe do pescoço.

— Creio que devemos nos sentar antes de dar continuidade aos relatos. Percebo que não se sente bem. Onde podemos nos acomodar? — indagou Saymon.

— Cadeira não possuo, infelizmente, mas tenho mais um banco no outro quarto. Vou apanhá-lo.

Foi até seu quarto, não sem certa dificuldade, onde possuía um pequeno, porém resistente, banco de madeira. Ainda pensativo, e sofrendo com a dor de cabeça que não passava, apanhou o banco e regressou. Entregou o assento a Saymon.

— Como lhe dizia — continuou — acabara eu de abrir a quarta garrafa e você imediatamente a tomou de minhas mãos. Enquanto tateava a mesa à procura do copo, disse-me:

"Meu grande amigo Saymon! Sabe que muito o admiro, não sabe?"

"Sim, já tive a felicidade de ouvir isso de você algumas vezes, meu amigo Estrotoratch!"

"É um dos melhores homens que já conheci, sem sombra de dúvidas. Conheço-o há algum tempo, e sei praticamente tudo sobre você... No entanto, você muito pouco sabe sobre mim. Talvez não devesse estar neste momento falando sobre isso, mas creio que lhe devo."

"Deve-me? O que poderia me dever? Pelo que me recordo, jamais emprestou nada de mim".

"Devo-lhe, certamente devo-lhe. É um amigo incomparável, companheiro para todas as ocasiões. É, provavelmente, o último que me restou. Nunca hesitou em contar-me um problema ou pedir-me um conselho. Eu, no entanto, não tenho sido justo ou sincero com você."

"Meu amigo, está já bêbado. Você nada me deve e é o meu melhor amigo".

"O que sabes sobre mim? Sobre o meu passado? De onde eu vim? Onde nasci? Como cheguei até aqui?"

"Não sei nada. Creio que nunca tenhamos falado sobre esse assunto".

"Gostaria de ouvir uma história?"

"Sim, porém não sei se está em condições de contar uma história, Friederich".

"Talvez tenha razão. Sinto que, se iniciar meus relatos agora, talvez seja incapaz de fazê-lo com a clareza necessária. Vá até minha casa amanhã de manhã. Será o ouvinte de uma história que poucos conhecem e que jamais contei a ninguém".

— Depois disso continuamos a jogar, e você continuou a beber. Era já tarde da noite, quando perdeu a consciência. Decidi trazê-lo para casa, porém, quando estávamos na metade do caminho, você acordou e impediu-me. Insisti, mas você recusava-se a receber meu auxílio. Regressei então para casa, receoso de que algo lhe acontecesse no restante do caminho, já que não estava em boas condições. Acreditei, inclusive, que não conseguiria chegar. Fiquei imensamente feliz quando agora de manhã o vi relativamente bem e seguro.

— Me admira que tudo isso tenha acontecido, caro Saymon! Devo-lhe agradecer imensamente pelo auxílio prestado. Realmente, devia estar em péssimas condições na noite passada, principalmente pelo modo como ontem de manhã vieram-me à mente lembranças as quais eu gostaria que se desfarelassem em minha memória.

— Que recordações são essas? — perguntou Saymon com a mais pura e sincera curiosidade.

— Quer mesmo saber? — indagou Friederich.

— Vim aqui para isso, meu amigo. Você pediu que eu viesse, e aqui estou.

— Pois bem! Foi-me fiel em todos os momentos, principalmente naqueles em que mais precisei de seu auxílio. Contarei o que deve saber. Antes de tudo, peço que mantenha segredo sobre o que ouvirá aqui hoje. Sua segurança pode depender disso.

— Prometo, Friederich — disse Saymon com a mão direita sobre o coração.

— Está bem, vamos do início.

Assim, Friederich Estrotoratch começou seu relato.

Capítulo 2

Bem sabe que meu nome é Friederich Balzer Estrotoratch, no entanto desconhece que vim ao mundo no dia de 13 de abril de 1428, quando minha mãe, senhora simples e humilde, quase morreu. Pouco ou quase nada me recordo dela, o que muito me entristece, porque gostaria de poder ao menos lembrar seu rosto, que há muito já não posso ver. A Alemanha não era o lugar mais propício para se construir uma família, mas, como não podemos escolher onde temos de aportar, coube ao Criador a escolha e, por algum motivo que ignoro, foi o ar da cidade de Gotinga que sustentou minha primeira respiração.

Certo dia, estava ocioso e fantasioso sobre um sonho que tivera desde minhas primeiras lembranças de garoto, tinha talvez 16 anos de idade. Era uma tarde ensolarada, e eu estava sozinho em casa. Meus pais trabalhavam fora e só regressavam no fim do dia, de modo que tínhamos pouca intimidade. Assim também faziam meus irmãos. Sentia a falta de todos eles, mas nada dizia. Sabia ser tudo aquilo necessário para minha própria sobrevivência, assim como de toda a minha família.

Contudo, naquela tarde, veio-me à mente, mais forte do que nunca, tal fantasia, e não deixei de nela pensar enquanto não a coloquei em prática. Resolvi largar tudo e ir para o mar. Queria ser marinheiro, sentir a brisa marinha todas as manhãs. Acordar com o sol na face e poder respirar um ar puro, que somente seria encontrado em pleno mar! Ver terras distantes, conhecer pessoas, aprender um ofício! Era meu sonho de criança e o realizei, não sem certo custo, é claro.

Deixei minha casa, meus pais, meus irmãos. Deixei tudo para trás e fui sozinho. Não tinha a menor ideia de que direção tomar, mas sabia que, se chegasse a qualquer costa, seguindo pela mesma, em algum momento, encontraria um navio. Então me apresentaria ao capitão, deixando-me sob suas ordens. A inocência de criança me impedia de medir os perigos de tal ideia, como acontece, como regra geral, com os jovens de qualquer parte do globo.

Saí de casa e caminhei a passos largos durante algumas horas. Perdi-me. Passaram dias, que inevitavelmente viraram meses. Não saberia dizer com exatidão quantos. Alimentava-me do que encontrava, e logo estava arrependido de minha decisão. Queria voltar, mas não sabia como. Apenas sei que, após algum tempo caminhando, comendo apenas o estritamente necessário e dormindo poucas horas por dia, alcancei certa região do rio Weser, onde, sem muito esforço, encontrei um navio, em cujo casco lia-se o nome: PRACHITIG DOLF, NEDERLAND.

Era um horror. Lembro-me de, ainda criança e sem experiência, ter-me questionado quanto ao fato daquele navio estar ou não em condições de navegar, mas não pensava muito. Logo as preocupações e remorsos deram lugar à antiga fantasia; não pensava em nada, senão em conversar com o capitão para que me permitisse nele ingressar.

— Vamos, homens! Estão fracos? Icem as velas, pois já partiremos! — gritava um senhor, aparentemente caolho, dirigindo-se a não mais do que uma dúzia de homens. Seu nome era Dirck Dolf e era holandês. Aquele seria o homem que mais me arrependo de ter conhecido em toda a minha existência.

Era ele, naquela época, o capitão do navio. Nunca me esqueceria de sua aparência. Idoso e feio, jamais tomara um banho. Pelo menos foi o que me disseram alguns marujos pouco depois. Sua voz era grave, alta e demonstrava enorme autoridade. Poderia convencer um homem a tentar voar apenas lhe dizendo para que fizesse. Todos o respeitavam. Usava um uniforme azul escuro. À primeira vista, parecia possuir algumas medalhas no peito, mas, de perto, facilmente percebia-se que na verdade eram manchas de comida. Assim como nunca tomava banho, jamais trocava de roupa.

— Vamos! Vamos! Não temos um minuto a perder! — continuava gritando.

Aproximei-me sem que ele percebesse. Parecia extasiado com a ideia de partir o mais rápido possível. Eu não compreendia o motivo de tamanha pressa, pois na época desconhecia o fato de que, para os homens do mar, nada é mais valioso do que o tempo.

— Capitão! — chamei-o.

— Jocks! Amarre bem essas cordas, rapaz! Não quero problemas com as velas após a partida! Ainda hoje pretendo chegar a Bremen — continuava a gritar, sem dar-me atenção.

— Capitão! — falei mais alto.

Virou-se e olhou-me por alguns segundos, aparentemente tentando reconhecer quem era aquele que o cortava em meio às suas ordens.

— Quem é você, garoto?

— Sou Friederich Balzer Estrotoratch! Estou aqui para me pôr à disposição do senhor e embarcar em seu maravilhoso navio!

Parecia que ele daria uma forte risada, porém controlou-se. Jamais vi, durante os dois anos que estive em sua presença, um sorriso sequer escapar-lhe dos lábios.

— Muito bem, garoto! Agora te chamo Fred. Pegue aquele esfregão e deixe o convés brilhar!

Mal chegara e já recebia ordens. Não questionei. Tinha que me acostumar, pois aquela seria minha tarefa pelos dois anos seguintes. De vez em quando, eu era chamado para ajudar a recolher a âncora, conferir as amarras dos cabos ou içar e soltar as velas, mas o comum era permanecer, dias a fio, limpando o convés.

Largamos naquele mesmo dia pelo rio Weser até alcançarmos a cidade de Bremen, ao norte. Passamos a noite por lá, dentro do navio.

Na maré alta da manhã seguinte, partimos até o mar do Norte. Nesse percurso, sofri fortes enjoos, pois jamais estivera no mar. Os primeiros meses foram muito gratificantes, apesar do trabalho árduo. Viajamos pelo Mediterrâneo.

Vi inúmeras cidades, combatemos em pleno mar, em terra, contra inimigos e entre nós mesmos. Os marinheiros estavam quase sempre embriagados, e um ou outro morria de semana em semana. Quando isso acontecia, recrutávamos, em quaisquer paragens, algum vagabundo para tomar o lugar do morto. Com isso, em menos de um ano, a tripulação já era totalmente diferente daquela presente quando entrei no navio, com exceção do capitão e eu.

Viajamos para o norte, até dobrarmos a Ilha da Grã-Bretanha. Essa manobra deixou-me ciente de que o capitão pouco ou nada conhecia sobre os mares, muito menos de como comandar um navio. Seria muito mais simples entrarmos pelo Canal da Mancha, já que nosso objetivo principal era alcançar o Mediterrâneo, mas não me admirava tais erros náuticos, já que o capitão Dirck estava quase sempre embriagado e jamais fazia uso da bússola. Nem possuía qualquer espécie de mapa.

Era péssimo navegante e muitas vezes nos colocou em dificuldades. No fim de dezoito meses, estava farto daquele serviço. Veio-me novamente as mágoas e, como nunca, brotou-me no peito o arrependimento, quando entramos no Mediterrâneo, pelo Estreito de Gibraltar, após voltas por rotas desnecessárias e mal estudadas. Era castigado sem motivos e, por ser o mais novo, ainda com 17 anos de idade, era submetido a brincadeiras e esculachos. Estava extenuado, e nem mesmo as maravilhas do mar eram capazes de me fazer sentir feliz. A brisa marítima da manhã já não me consolava. Sentia enorme saudade de minha família.

Em minha mente figuram inúmeras lembranças dessa época, em especial a infelicidade de minha atitude apavorada. Lembro-me de como as estrelas brilhavam à noite, de como a lua parecia inflamar uma tocha sobre as águas calmas dos mares do norte e de como o barulho das ondas parecia uma canção calorosa, em seu ritmo constante, quebrando o silêncio da noite.

Recordo-me das canções que os marujos cantavam enquanto embriagados. Ainda agora me parece podê-las ouvir. Fiz então minha própria canção e, em algumas noites, enquanto a tripulação dormia, cantava baixinho, no ritmo das ondas:

Picos de nuvem, gotas de sal
São muitos os poucos
Banhados tão loucos
Em busca do mal!

Os peixes pequenos procuro e não vejo
Tão fundo se molham, em mar gigantesco
Glorioso castigo, não posso anotar
Como me sinto, só posso cantar!

Sinto o cheiro, perfume do mar
Chamado pequeno, marujo a cantar
As espumas que batem, levam pro ar
Todos os sonhos e choro a calar!
Os dias passam e a noite é a mesma
As horas, minutos só trazem tristeza
O vento então sopra e terra não há
Clamo à vida: quero me soltar!

Repulso a ideia, que me veio à mente
Quando menor, deixei de repente
Minha família de lado, sem perceber
Que agora mais tarde, só quero os ver!

Por aí estão todos, não sei pra que lado
Passo mal dado, o errado fui eu
Saindo de casa, não levei nada
Nem mesmo lhes disse um breve adeus!

Os sais do mar, poucos não são
Sua cor é tão clara, quão doce é um limão
Hoje é dito que o amargo irá
Tornar-se meloso, por se exaltar!

Certa noite, perdido em vãos pensamentos, sobreveio-me forte e, de maneira resoluta, a vontade de fugir, sair daquela vida medonha e sem sentido. Cheguei a arquitetar certas ideias, porém nenhuma era cabível de execução. Eu era atrapalhado, pouco instruído e não conhecia as melhores rotas para ter alguma chance de escapar. Meus pensamentos e a consciência não me permitiam arquitetar um plano passível de sucesso. Além disso, não poderia manobrar sozinho o navio, que apesar de pequeno, precisaria da ajuda de certo número de homens.

Até então não possuía nenhum amigo, portanto tais ideias permaneciam apenas em minha imaginação. Sempre fui uma pessoa devaneadora, que adorava imaginar aventuras e situações utópicas, nos mais distintos lugares. Vez ou outra me via como sendo o capitão, dando ordens a todos, exigindo que içassem alguma vela ou que tomassem a direção pela bússola. Claro que tais fantasias somente figuravam em minha fértil imaginação, nem uma vez pude dirigir a palavra a qualquer marujo, senão para responder com um forte e contínuo "sim, senhor!"

No entanto, certo dia tudo mudou. O sol nasceu com um brilho diferente. Ouvi muitos homens dizerem que, em dias divisores de águas, os elementos da natureza portam-se de maneira distinta do usual. É bastante provável que essa seja uma observação, única e exclusivamente, daqueles diretamente afetados com as mudanças. A questão é que naquele dia eu senti tudo isso.

A brisa marinha parecia me aliviar a alma, como nunca havia feito com tamanha emoção. Estávamos próximo de um porto espanhol, e o capitão Dirck queria recrutar mais homens. Ficamos ali por três dias, nos quais nosso navio foi provido de mantimentos, água e mais meia dúzia de marujos.

Entre eles, estava um rapaz de 18 anos. Tornou-se o cartógrafo do Prachitig Dolf. Nunca mais calculamos uma rota errada ou perdemos um dia em nossas viagens. Falava fluentemente o inglês, o espanhol e o francês. Era culto, educado e estava bem vestido. Conheci-o no momento em que pôs os pés no navio. Era inglês, de nome Burk Kirsten, e possuía uma inteligência acima do comum. Não demorou muito para que virássemos melhores amigos.

Minha vida tornou-se um pouco menos amarga, pois tinha agora alguém com quem conversar. Mais do que isso, tinha alguém para ensinar-me sobre os mais diversos assuntos. Kirsten tomou certo apego sobre mim, e eu criava enorme admiração por ele. Ensinou-me primeiramente a cartografia, mostrou-me os mapas e, escondido, me ensinou os nomes das baías, dos portos, dos mares e as minúcias de todas as terras conhecidas. Não demorou muito para que eu reconhecesse qualquer região conhecida da Europa, da África e até da Ásia.

Quando sabia bem tudo isso, iniciou as aulas de inglês, francês e espanhol. Após algum tempo, eu já sabia falar tão bem que, por diversas vezes em minha existência, passei-me por cidadão espanhol, outras vezes por inglês e algumas vezes por francês. Iniciou então a filosofia, a matemática e as artes.

Foram bons tempos a bordo do navio, mas, como tudo existente debaixo do sol, tinha que acabar. O capitão Dirck descobriu sobre as lições, castigou-nos e impediu que nos víssemos. Encontrava-nos somente quando eu precisava ir até a cabine do navio, onde ele estudava as rotas e fazia anotações sobre as viagens para o capitão. Entrei novamente no estado de amargura, solidão e tristeza.

Veio-me então, mais uma vez, a forte vontade de escapar daquele cativeiro. Sentia-me mais encorajado, porque conhecia agora os mares, as regiões e as línguas locais, mas o que mais me animava era o fato de ter um amigo, alguém extremamente instruído para me auxiliar. Tratei então de enviar um recado a Kirsten. Escrevi minhas intenções, mágoas e os sofrimentos pelos quais estava passando há anos e contei-lhe sobre minha ideia de fugir. Pude entregar-lhe o bilhete quando arrumei pretexto para limpar a cabine do navio onde ele trabalhava.

Pouco tempo depois, ele me respondeu que também intencionava fugir, que não mais suportava o modo como lhe fora retirada a liberdade. Confessou-me que já havia passado noites inteiras em pleno desespero e amargura. Disse mais: já tinha arquitetado um plano e, no momento certo, trataria de me avisar sobre ele. Frisou que até lá deveríamos cortar todo e qualquer contato para evitar suspeitas.

Fiquei imensamente feliz com o recado. Nunca me pareceu tão fácil a fuga! Nunca me pareceu tão próxima e tão concreta a liberdade!

Passei os dias posteriores em estado de ansiedade. Por diversas vezes, quis ir até a sala de Kirsten e falar-lhe pessoalmente, perguntar sobre o plano. Porém, sempre me recordava de seu conselho, sobre não nos vermos ou nos falarmos. Assim fiquei por quase um mês. Por vezes cheguei a questionar a desistência do plano por parte de Kirsten.

Foi num desses dias de dúvida sobre o caráter de meu amigo que recebi, por debaixo da porta de meu quarto, um bilhete:

"Amanhã à noite, dez horas. No convés, ao pé do grande mastro. Poucas roupas e qualquer ferramenta que puder carregar nos bolsos. Aja naturalmente.

B.Kirsten."

Quase não pude conter-me de alegria. No mesmo instante, arrumei as poucas roupas que possuía e enrolei-as em um velho pedaço de pano. Encontrei um canivete, um relógio de bolso e uma bússola. Era tudo o que tinha. Restava-me apenas aguardar.

Não dormi naquela noite, é claro. A ansiedade me impedia. Fantasiava mil situações possíveis e questionava-me sobre o plano de Kirsten. Amanheceu, e foi imenso o trabalho que tive para agir com naturalidade diante da situação. Foi um dos piores dias de minha vida. Voltei a sentir os enjoos de quando estivera no mar pela primeira vez. Tratei de tentar trabalhar, mas minhas tarefas me pareciam mil vezes mais pesadas e difíceis de realizar. No entanto, ninguém suspeitou. À tarde, o navio ancorou bem próximo da terra firme, numa pequena baía. Ignorava em que paragens estávamos, mas comecei a desvendar o plano de Kirsten.

Por fim, a noite chegou, trazendo consigo a hora próxima marcada para a fuga. Saí do meu quarto, estranhando não haver ninguém no convés do navio. Nem mesmo o vigia se encontrava em seu posto. Achei tudo muito estranho, mas, mesmo tomado pelo medo, pela ansiedade e pela emoção da liberdade próxima, consegui dirigir-me até o grande mastro. Olhei para o relógio e, quando marcava dez horas, reconheci Kirsten se aproximando.

Cumprimentou-me com um aceno de cabeça e um aperto de mãos. Compreendi que preferia evitar falar ou fazer algum barulho. Saltamos do navio e, com poucas braçadas, estávamos em terra firme.

Capítulo 3

Saymon demonstrava estupefação com o que Friederich contara. Conhecia aquele homem há anos, no entanto jamais suspeitara ou imaginara que seu melhor amigo havia algum dia estado em cativeiro, num veleiro desconhecido. Parecia prender a respiração, enquanto Friederich falava. Seus olhos brilhavam como os de uma criança, ou de um jovem diante de seu amor. Mal sabia que aquele era apenas o início de um relato surpreendente, que aquele homem, de aparência simples e maltratada, viria a lhe contar.

— Meu amigo Estrotoratch, jamais suspeitei que tais eventos tivessem se passado em sua existência.

— Acalme-se, amigo! É possível que, em alguns momentos de minha história, você fique extremamente admirado. Em outras, caia na gargalhada e em algumas delas possivelmente queira chorar. Depois, pensará que sou maluco.

— Não duvido de nada disso, meu amigo. Por favor, continue com a história. Diga-me: como foi arquitetado e colocado em prática o plano de Kirsten? Para onde se dirigiram? O que fizeram?

— Mais uma vez, peço que se acalme, Saymon. Tudo será relatado da melhor maneira possível, para que compreenda.

— Está bem, Friederich. Por favor, continue! Estou curioso.

— Muito bem! Primeiramente dê-me mais um pão, por favor! Começo a sentir fome, e os fatos que relatarei a seguir pesam-me a consciência sempre que os recordo. A comida talvez me ajude a comprazer o que nem mesmo o tempo foi capaz de realizar.

Saymon atendeu a vontade do amigo, que, satisfeito, retomou seu relato de vida.

Nos momentos procedentes à nossa fuga, distanciamo-nos o máximo que nos foi possível. No entanto, para minha incompreensão, Kirsten não tinha a menor pressa. Parecia muito tranquilo e quieto. Algumas vezes tentei conversar com ele, mas nada me respondia.

Naquela noite, vagamos até uma pequena mata, à beira de uma estrada e lá repousamos. Kirsten não me dirigiu a palavra em momento algum, nem no dia seguinte. Comecei a pensar que estava chateado comigo por alguma razão, mas não conseguia imaginar por quê.

Nos dias seguintes, Kirsten voltou a falar, porém apenas aparentou estar normal após alguns meses. Durante esse tempo, vagamos sem destino por terras diversas, conhecemos povoados quase desconhecidos e topamos com pessoas das mais diversas culturas. Acredito que tenhamos andado por meses sem rumo certo. Não posso dizer que me foi pouco proveitoso esse tempo. Muito pelo contrário, foi extremamente prazeroso.

Enquanto andávamos, Kirsten ensinava-me sobre os mais variados assuntos. Discorríamos principalmente sobre filosofia, ao ritmo que nossos pés marcavam o solo poeirento daquela época seca do ano. Gastaria um tempo que não mais possuo de vida para citar tudo o que meu querido mestre (já o chamava assim àquela altura de nossa existência) me expôs. Percebia que algo o incomodava, porém jamais ousei perguntar-lhe.

Após caminharmos durante alguns meses, chegamos a um local deserto. Não se percebia nenhum sinal de vida. Tudo o que se via eram pedras, dos mais diversos formatos, que compunham, em sua maioria, a paisagem da região. Além disso, algumas plantas rasteiras, que lutavam para suprir suas necessidades nutricionais e suportar o calor e a secura daquela região.

Caminhamos ainda alguns dias, em meio àquela região desabitada, até encontrarmos um pequeno casebre, no meio do nada. Era já tarde, com o sol prestes a se despedir e sobrepujar a escuridão da noite.

— Estrotoratch, creio que o mais prudente seja passarmos a noite neste pequeno casebre. Por mais quente que tenha sido o dia, as noites nessas regiões desérticas são geladas, como se estivéssemos no mais rigoroso inverno do norte — disse Kirsten.

— Também acho, mestre — respondi.

Assim, ficou decidido que o teto daquela cabana seria o que teríamos sobre nossas cabeças até o dia seguinte. Seria-me impossível descrever o espanto e a admiração que sentimos quando, ao nos aproximarmos, percebemos naquele barraco viver um homem. Se é que se pode chamar assim o pobre coitado que habitava aquele local.

Estava sujo e mal vestido, porém parecia sadio e lúcido. Eu tinha mais medo do que Kirsten, por isso demorei em me aproximar definitivamente. Quando percebi que meu mestre já dialogava normalmente com o homem, tomei coragem para ouvir o que diziam.

— Há quanto tempo mora aqui? — perguntava Kirsten.

— Não sei dizer. Alguns anos, suponho — respondeu o dono do casebre.

— Compreendo… Não seria difícil perder a noção do tempo neste lugar isolado — comentou Kirsten.

— Talvez. Ou talvez o tempo não importe para um homem como eu…

— O que quer dizer? — perguntou Kirsten.

— Nada, esqueça! Mas me digam: quem são vocês?

Essa simples pergunta me deixava apreensivo. Temia que, dizendo quem éramos e contando nossas histórias, de algum modo o capitão Dirck e seus homens pudessem nos achar. Se isso acontecesse, acabaríamos enforcados injustamente, pendurados no grande mastro, antes do pôr do sol. Kirsten, porém, jamais se preocupava com isso e sempre respondia com sinceridade. Contava a todos quem éramos e o que fazíamos. Não foi diferente com aquele homem.

Com algumas centenas de palavras, disse-lhe nossos nomes, nossas origens e o que fazíamos. Expôs nossa situação no navio e contou que havíamos escapado alguns meses atrás. Estranhamente, ele nunca revelava, nem mesmo a mim, como arquitetara seu plano nem como o colocara em prática.

— Compreendo — respondeu o homem, após ouvir tudo atentamente. — Percebo que são pessoas de bem. Suponho que tenham vindo até aqui com o objetivo de conseguir repouso para esta noite, não é?

— Sim, exatamente — disse eu, já mais tranquilo e menos paranoico.

— Pois saibam que são bem vindos. Podem ficar aqui o tempo que quiserem ou que lhes for necessário — respondeu.

— Que bom! Muito lhe agradeço, porém falta-nos uma coisa — disse Kirsten.

— E o que é? — perguntou curioso o dono do casebre.

— Sabermos o nome deste que, com tanta hospitalidade, nos recebe em sua casa.

— Fritz. Johan Fritz.

Assim nasceu a maior amizade que já cultivei em minha existência. Johan Fritz. Era o nome do homem todo sujo e desajeitado, porém não demorou muito para demonstrar que, por trás de toda a sujeira e da falta de maneira, existia um homem exemplar, único e simplesmente genial. Chegáramos a sua morada com o intuito de passar uma noite, mas já adianto que lá ficamos por anos. Não foi tarefa fácil resistir em meio àquela região quase deserta, mas Fritz ensinou-nos muito bem como agir.

Havia um pequeno poço, cavado em local um pouco mais úmido, o qual nos supria a água necessária para consumo. Quanto aos alimentos, passava, vez ou outra, algum mercador. Barganhávamos qualquer coisa que dispuséssemos, em troca de alimento. O que tomávamos como principal atividade de trabalho era a fabricação de produtos, como o porcelanato. Na região encontrava-se argila, quartzo, caulim e feldspato, componentes necessários para a fabricação da porcelana.

É claro que isso só era possível porque Kirsten sabia o processo para a confecção dessas peças tão valiosas. Aprendera, pelo que me dissera, durante o tempo em que estivera no oriente. Fabricávamos também, com menor frequência, vidro, utilizando a areia que compunha grande parte da paisagem da região. Éramos autossuficientes e vivíamos felizes nessas condições simples. Afinal, o que mais poderia querer um homem? Tínhamos comida, um ofício e ocupávamos a cabeça com as lições que Kirsten nos dava.

Não demorou muito para que Fritz e eu nos tornássemos pessoas cultas. Foi nessa época que percebi toda a genialidade dele, que, mesmo mais novo do que eu e nunca tendo tido sequer uma lição sobre escrita ou leitura, em poucos dias, aprendera tudo o que eu sabia até então. Até mesmo Kirsten ficou impressionado com a facilidade de aprendizado de Johan.

De fato, é necessário falar mais sobre este homem, que, apesar de novo, jamais me pareceu um garoto de 18 anos. Johan tinha olhos claros e cabelos loiros. Não possuía vasta cabeleira, como muitos da época. Nem poderia, já que vivia em um deserto, e cabelos grandes seriam mais um problema em sua anterior miserável vida. Suas roupas eram sempre as mesmas. Uma camisa fina, uma calça e um sapato de couro muito mal costurado formavam sua vestimenta.

Usava chapéu, mas deixou tal costume com o passar dos anos, assim como eu. Não cortava suas unhas por falta de tempo e meios para tanto. Era magro, porém forte. Tinha um espírito de coragem e valentia, mas, sobretudo, de bondade. Não poderia me recordar, mesmo que muito me esforçasse, de alguma vez me deixar na mão por egoísmo ou falta de humildade. Fritz era um bom homem. Seu único defeito talvez fosse seu orgulho.

Sim, Fritz era orgulhoso, e seu orgulho aumentou com os anos, ainda que Kirsten tenha gastado grande parte de suas energias tentando minimizar essa característica de meu amigo. Para que tenha uma ideia, foi extremamente difícil convencê-lo de que precisaríamos reformar sua morada, aumentá-la e reforçá-la. Quando conseguimos, foi difícil fazer com que deixássemos ajudá-lo na empreitada. Queria fazê-la sozinho, dizia que não precisava de ajuda e que era melhor que nos ocupássemos com outras atividades.

De qualquer modo, a casa ficou pronta, mais segura e capaz de comportar nós três. Vivíamos uma vida feliz e relativamente próspera. A civilização não nos fazia falta. Tínhamos tudo o que era necessário para viver bem. Minha vida não seria tão sofrida, se certo dia não aparecesse um mercador, de nome Rhazt.

Capítulo 4

Nesse momento, Saymon percebeu certa hesitação de Estrotoratch. Aquele nome, pronunciado com um tom que remontava a ódio, parecia mexer com o íntimo do amigo. Na verdade, o semblante de Friederich era, desde o início de seu relato, melancólico. Parecia que as palavras lhe escapavam da boca com certa dificuldade, como se facas o rasgassem por dentro cada vez que o ar saía de seus pulmões, alcançava as cordas vocais e era manipulado com a língua, os dentes ou o nariz.

É claro que Saymon nada disse. Percebia que não era ser uma história fácil de contar, afinal, o amigo o avisara que não seria simples. Friederich então continuou.

Tal mercador nos era desconhecido. Não fazia parte dos que geralmente comercializavam por aquela região. De início, nada nos inquietou. Pensamos os três que se tratava tão somente de mais um vendedor, então negociamos algumas garrafas de vidro e duas ou três peças de porcelanato. Em troca, recebemos um punhado de arroz, açúcar e carne.

Foi-se, sem trocarmos muitas palavras. Como me seria gratificante que aquele tivesse sido nosso único contato! Porém, como a vida toma caminhos que não esperamos, aquele homem haveria de retornar tempos depois, com expectativas diferentes.

Quando retornou, Rhazt não era mais mercador. Veio com interesse de aprender as técnicas de fabricação de porcelana. Foi extremamente humilde em pedir a Kirsten que o ensinasse. Chegou, inclusive, a oferecer certa recompensa pelas aulas. Kirsten negou-se a aceitar pagamento, dizendo que o conhecimento era um bem universal, sendo dever de todo homem disseminá-lo.

— Somente o conhecimento é capaz de despertar o que há de melhor em cada homem. Se quisermos uma sociedade justa e igualitária, de homens honrados e comprometidos a fazer o bem, devemos espalhar o conhecimento como um lavrador espalha as sementes sobre a terra, no momento de uma semeadura — disse.

— Aceita, então, ensinar-me a fabricação desta arte? — perguntou Rhazt, com um olhar franco e humilde, quase de súplica.

— É evidente que sim. Será necessário algum tempo, portanto precisará residir aqui conosco, se meu amigo Fritz não se importar de receber mais um estranho em seu ninho.

— Mestre, se lhe convém que ele aprenda e que o senhor ensine, não vejo problema algum que Rhazt divida o mesmo teto conosco. Pelo contrário, será um prazer poder servir-lhe — respondeu Johan.

— Nesse caso, a partir de agora, pode se considerar parte de nossa família! — disse Kirsten sorrindo.

Eu, particularmente, jamais fui capaz de me familiarizar com Rhazt. Não sabia dizer o motivo para as coisas assim se sucederem entre nós. Havia algo nele que me incomodava, que não me transmitia confiança. No entanto, ainda que tais pensamentos ocupassem espaço em minha mente, jamais os compartilhei com alguém. Guardei-os para mim, como um homem guarda consigo um segredo de extrema importância.

Creio que seja importante descrever a aparência física de Rhazt. Ele tinha cabelo curto, olhos negros e pele branca. Era dotado de uma força física descomunal, ombros largos e músculos vigorosos. Por vezes, Fritz e eu discutimos sobre o assunto, e eu afirmava com total certeza que Rhazt seria capaz, sozinho, de levantar um boi.

Johan gargalhava sobre minhas suposições, claramente exageradas. No entanto, era inconteste que Rhazt era extremamente forte. Não faltaram ocasiões em que comprovasse seus dotes físicos. Vestia-se com uma camisa de linho e calças de mesmo tecido. Uma bota de couro completava sua vestimenta usual. Como característica peculiar, poderia destacar alguns dentes de ouro. Não sei dizer ao certo quantos, mas certamente superavam meia dúzia. Eraum costume dos mercadores daquela região.

Foi com esse homem que convivemos por alguns meses. Com o tempo, apelidamos Rhazt de Montonho, devido a seu peculiar porte físico. É preciso ressaltar que o que Montonho tinha de força física tinha também de inteligência. Aprendeu facilmente como fabricar a porcelana, fazendo-a melhor até mesmo do que eu. Kirsten percebeu suas faculdades superiores, dando-lhe lições sobre diversos assuntos, como geometria, geografia e, principalmente, filosofia.

Recordo, como se fosse hoje, o dia em que Kirsten filosofava sobre determinado assunto, dizendo:

— Já é bem conhecido aquele que perde a razão buscando reconhecimento. Esses são os homens. Que se distraem em masmorras, mas que nos berços já procuram chamar a atenção. Alguns banhados em carinhos, outros moldados à base de ferro ardente. Muitos sonhadores, outros sábios. Seriam esses os que, num mundo de revoltados, lançar-se-iam em busca da oportunidade? Os que, lavando seu próprio ego, lembrar-se-iam daqueles que nada atém, a não ser sua própria vida? Garanto-lhes que não.

"Deixo aqui bem claro o que devemos procurar. Não busquem alarde, muito menos mérito. Não se conformem com a ideia de todos esses, que lastimam as dores de si mesmos. Procurem apenas a compreensão, o contorno do ser humano, do homem que evolui em si mesmo. Por isso, leciono sobre temas que não fazem de mim o maior dos homens, já que esse nunca existiu.

"Bastaria às pedras se tornarem lama, mas assim não procedem. Assim não fazem, pois a dureza da vida é necessária para formarmos a nossa. Por um rabisco perde-se a linha. Daqueles que sobram expressão, faltam as razões, aquelas mesmas que tempos atrás, trouxeram-lhes abastamento. Bastardos! Tiranos! Seria a luz o mesmo que cartas, as quais se esperam a chegada, mas que na falta ficamos perdidos? Quando se terá ciência de tudo isto?

"São dias em que muito se bebe e fuma. Civilizados? Ou simples mau-caráter? Mantenho a calma. Não caço cincas. Não é esse o meu desígnio. Com o passar dos dias se preocupam. O que comer? O que vestir? Perdem a paciência, a compreensão. Basta! Até quando haverá a procura ao descomunal? Contudo, de tanto sofrer, chegarão a uma série de conclusões. Dessas lanço uma única certeza: os homens não saberão verdadeiramente o que são, enquanto suas mentes forem um labirinto para eles mesmos."

Essa foi uma das muitas lições de Kirsten em que Rhazt esteve junto de nós. Certamente, se tivesse levado em consideração tudo o que Kirsten ensinou e se a gratidão fizesse parte de seu caráter, aquele homem não faria o que fez. Só de pensar nisso, sinto meu sangue ferver. Algumas pessoas carregam em seus corações um manto negro, que lhes impede de enxergar a beleza da gratidão.

Contudo, o que Montonho fez não vem ao caso neste momento. Narrarei essa história tentando respeitar a ordem cronológica dos acontecimentos. O que deve saber, Saymon, é que Montonho permaneceu conosco cerca de seis meses e foi embora. Rememoro que foi com pesar que Kirsten despediu-se dele, numa manhã quente de verão; não voltamos a vê-lo por algum tempo.

Capítulo 5

Saymon escutava atentamente e não ousou interromper o amigo em nenhum momento. Na verdade, prestava tamanha atenção que era fácil acreditar não lhe ter passado sequer uma vez pela memória questionar qualquer fato narrado até então.

— Está acompanhando os fatos? — perguntou Friederich.

— Sim, estou encantado com a história. Por favor, continue!

— Está bem.

Quando Rhazt se foi, as coisas voltaram a ser como antes. Nossas tarefas diárias eram a fabricação dos utensílios e as lições de Kirsten. Assim ficamos por um bom tempo, creio que dois anos ou mais. Não tinha noção exata do tempo, pois não nos preocupávamos com isso. Vivíamos uma vida simples e sem preocupações.

Como vinha dizendo, tudo estava perfeitamente tranquilo, eu sentia-me completamente realizado, até que um dia Kirsten começou a portar-se de maneira estranha. Foi ficando quieto, as lições diminuíram, via em seu rosto uma tristeza que não conseguia compreender. Perguntei-lhe algumas vezes as razões para aquilo, porém ele jamais me disse. Sempre respondia que não era nada, que estava completamente normal.

O estranho estado de espírito de Kirsten também não passou despercebido por Johan. Debatemos certo dia sobre o assunto.

— Estro, tem percebido o estranho modo como nosso mestre tem se comportado?

— Sim, Johan. Anda quieto e tristonho. Perguntei-lhe a razão para isso, mas me disse que não era nada. No entanto, ambos sabemos que algo está errado com ele.

— Sim, meu amigo. Ele sempre esteve sorridente e sentia enorme prazer em nos ensinar diariamente. Agora, só o vejo pensativo, olhando para o horizonte com o pensamento perdido em alguma questão. Nunca o vi assim.

Quando Fritz disse que jamais vira Kirsten assim, recordei-me da ocasião em que fugimos do navio. Nos dias procedentes à nossa fuga, ele portou-se de maneira semelhante. Relatei isso a Johan, que achou tudo tão estranho quanto eu. Não mais nos preocupamos tanto com isso. Pouquíssimas vezes comentávamos sobre o assunto.

Porém, certo dia as coisas pioraram. Kirsten nos disse que estávamos liberados das aulas. Fritz e eu ficamos espantados já que, desde o primeiro dia em que estivemos juntos, Kirsten jamais deixou de dar alguma lição diária. Aquele dia de dispensa tornou-se uma semana, depois um mês, depois três.

Ao final do terceiro mês, levantei-me de manhã e não encontrei Kirsten. Perguntei a Johan se o havia visto, e ele me disse que não. Preocupamo-nos. Passou-se o dia, e ele não regressou. Ao final de três dias, concluímos que Kirsten nos abandonara e que não regressaria mais. Foi uma época difícil. Jamais imaginei que meu mestre e amigo um dia me abandonaria, sem ao menos dizer-me adeus. Foi-se, sabe-se lá para onde, e eu não imaginava o porquê.

Fritz e eu continuamos nossa rotina diária, sem a companhia e as prazerosas lições de Burk Kirsten. Aguentamos esse ritmo durante alguns meses, porém a existência tornou-se penosa com o passar do tempo, então concluímos que seria melhor deixarmos o deserto e voltarmos à civilização. Assim o fizemos. Numa manhã fria, escura, chuvosa e triste, deixamos com enorme pesar a vida amena e feliz que levávamos e partimos sem rumo.

Ausentamo-nos de nossa casa em busca da vomição atemporal. Por alamedas tortuosas cursamos. Procurávamos ao acaso algo para fazer, buscando qualquer tarefa nos mais longínquos lugares, nas mais remotas terras, mas o que alcançamos foi uma simples aldeia, por nós completamente desconhecida. Nesse recôndito lugar eu viveria uma das minhas mais fortes e vivas lembranças. Algo que me fez renascer para a vida e que depositou em meu coração uma faca, eternamente cravada. Fritz não se encontrava com bom ânimo.

— Amigo Estro, acaso acha conveniente passarmos a noite neste local? Parece um tanto quanto tenebroso — disse-me seriamente perturbado, possesso por um temor que eu jamais havia visto.

— Mas é claro que sim, meu amigo. Ali adiante vejo uma taverna, onde qualquer homem poderá nos aconselhar qual o melhor caminho a tomarmos de manhã.

Minha ideia não poderia estar mais errada. Adentramos no "recanto da decadência humana", como dizia Fritz às minhas costas, tomado por um medo visível no olhar. Não era sem motivo. De imediato avistamos dois rapazes, de boa aparência e bem portados, com quem iniciamos uma breve conversa.

— Boa tarde, meus amigos — disse-lhes.

— Boa tarde, senhor! Podemos ajudá-lo em alguma coisa? — perguntou um rapaz alto, com cabelos negros e tez tenra.

— Estamos procurando um lugar para passarmos a noite — falou Fritz.

— Ora, isso não é problema algum — respondeu o outro rapaz, loiro de olhos verdes, com pele branca como neve. De imediato reconheci que se tratava de algum pescador dos mares do norte, os quais conhecia muito bem, pois os encontrara inúmeras vezes quando navegava com o capitão Dirck.

— Aqui existem muitas hospedagens, podemos mostrá-las a vocês.

Assim nos dispomos a acompanhá-los, acreditando que aqueles senhores, de bom coração, queriam ajudar-nos. Ainda hoje, creio que suas intenções não eram más. Estávamos em meio a essa conversa, quando meia dúzia de criaturas apareceram em nossa frente, com faces deformadas e completamente marcadas por sofrimentos. Tinham cicatrizes, alguns eram caolhos, outros, mancos. Havia um que não podia ouvir, estando em falta suas orelhas. Dois ou três eram banguelos, e a todos era comum o mau cheiro.

— Quem são, forasteiros? — perguntou-nos o mais baixo, enquanto fungava o nariz como se estivesse resfriado, certamente o líder de todo o bando.

Esperei alguns segundos na expectativa de que Fritz respondesse à pergunta. No entanto, após alguns instantes, me virei para trás, vendo somente a porta do boteco a bater, logo após ter Fritz passado por ela. Abandonara-me! Meu maior amigo deixara-me sozinho! De mesmo modo, os dois senhores com quem eu conversava tão amigavelmente sumiram como por mágica.

— Sou Friederich Estrotoratch — disse-lhes —, aluno preferido de meu célebre tutor, Burk Kirsten! Residia até hoje no deserto, onde com meu amigo Fritz, esse que há pouco correra, realizamos as mais importantes missões referentes à evolução da espécie humana. Ademais...

Antes de terminar, fui socado violentamente pelo líder do grupo. Percebi que não possuía nariz e que lhe faltava um olho. Era verdadeiramente um ser horrendo! Eu estava com raiva de Fritz, por ter-me abandonado daquela maneira. Imaginei que aquele era um castigo por meus pecados. Eu, que abandonara minha família, agora era abandonado por meus únicos amigos!

Não poderia dar conta de seis homens sozinho, mesmo se utilizasse as mais especiais técnicas aprendidas com meu mestre Kirsten.

— Cale-se, seu idiota! — gritou o baixinho.

— Perguntei quem era, não o que faz nem quem é seu professor!

Não me contive. Soquei-o com todas as forças no nariz, ou melhor, no lugar onde ele deveria estar, caso o possuísse. Sangrou. Foi aquela a primeira vez em que, em uma peleja de mãos limpas, pude retirar sangue do inimigo. No entanto, engana-se se pensar que o soco teve maior efeito do que o sangramento naquele homem pequeno, porém duro feito pedra. Agarrou-me pelo pescoço, prestes a me sufocar. Estava já perdendo os sentidos, quando me soltou e disse:

— Iria matá-lo, porém mudei de ideia. Tenho algo melhor para você. Riu então fervorosamente, fazendo-me tremer de medo.

— Como assim? — perguntei.

— Já saberá — respondeu, rindo ainda mais.

Sua risada era assustadora. Parecia penetrar em minha mente, tomar controle de meus músculos, fazia-me tremer por inteiro. Não me fora permitido saber que, em alguns mocambos adiante, residia uma donzela, com quem eu deveria ter relações goradas na fina flor do abril. Talvez ainda não houvesse constatado sua existência na aldeia devido às confusões e abstraimentos, aos quais me submeti fortuitamente.

Possuía um rosto liso, um olhar cavo e galante, os seios avultados e lábios polpudos que aguçavam as mais viscerais vontades dos impudicos. Suas lautas nádegas se curvavam à atmosfera como um acessório de milênios. Era uma meretriz, que nada detinha senão a própria corpulência como folia para os ditosos.

— Se pensam que me forçarão a isso, estão seriamente enganados! — gritei e espancado fui pelos brutamontes.

A meretriz despontou assombrada na rua e encontrou-me ensanguentado. Conduziu-me à sua habitação. Não me espantou sua preocupação, visto que era de todos, a todos, por todos.

— Suas feridas são superficiais — proferiu a donzela cabelo de lume, como quem soubesse de fato o desabrimento de meus ferimentos, tais quais os interiores. Havia alguns anos que não me agregava a uma moçoila para nos tornarmos um só indivíduo. Perdoe-me pelo modo desesperador com que exponho os fatos contidos nessa parte da história, porém detenho a ciência de que não omitirei acontecimentos, portanto devo ao menos um pouco dizer sobre minhas relações frustradas com a tal moçoila, cujo nome dizia ser Rosamund Moritz.

Felicitei a mente aberta de Rosa. Nenhuma dama havia de ser como tal. Ainda não me é de informação se é benéfico ou funesto, no entanto creio que acabei por me apaixonar, ainda naquela tarde, tornada noite paulatinamente, por Rosa. Pus-me a aproximar de sua face, sacando de minha algibeira um canivete. Mostrei-lhe como fatiar um fruto do mar. Sua face se corava com cada palavra que saía de minha boca, e sentia meu coração galopar no peito a cada sorriso que lhe escapava dos lábios.

Debatemos sobre múltiplos assuntos, comemos juntos, saímos ao luar. A felicidade inundou meu ser, como um dia já foi outrora. Sua vergonha e timidez faziam com que eu me apaixonasse ainda mais. O modo como sua face avermelhava, a cada palavra que saía de minha boca, me fazia ter certeza de que toda a espera havia valido a pena. Com efeito, ali estava ela, ao meu lado, sem ninguém que pudesse nos atrapalhar.

Mesmo que algumas pessoas passassem por perto de sua casa, eu jamais teria conseguido perceber suas presenças, porque meus olhos não tinham outro objetivo, senão admirar alguém que estivera sempre tão longe, mas que naquele momento estava exatamente onde sempre quis que estivesse: ao meu lado. Segurei sua mão, entrelaçando seus dedos aos meus. Fiquei feliz ao perceber que Rosa aceitou minha mão junto à sua, sem nenhuma reserva.

Então, incontrolavelmente, puxei sua mão para junto de mim e aproximei-me para dar-lhe o primeiro beijo. De início, ela esqui-vou-se, dizendo que tinha muita vergonha. Percebia-se claramente que a timidez tomava conta de seu coração. Pensei, por um milésimo de segundo, que talvez não quisesse me beijar, mas senti seus dedos entrelaçados aos meus, agora de maneira ainda mais forte, dando-me a certeza de que queria, porém temia.

Aproximei-me, mais uma vez, para dizer que não precisava ter vergonha de mim. "Confie em mim e feche os olhos". Ela ainda recuava, mas aos poucos, centímetro por centímetro, senti meus lábios se aproximando dos seus. Eu sentia uma paz inexplicável, uma calma que só um bem-estar indescritível poderia ocasionar. Pela primeira vez, desde que a vira, e instantaneamente me apaixonara, meus lábios tocaram os seus. Ela ficou ainda mais envergonhada, porém, quando lançava algum olhar em minha direção, conseguia enxergar que estava feliz, e isso me deixou transbordando de alegria. Então a abracei o mais forte que pude, mostrando que era muito especial para mim.

Não sei exatamente por quanto tempo ficamos juntos naquele local, nem quantas vezes nos beijamos. O que sei é que não foi tempo suficiente para mim, que queria que aquele momento durasse pelo resto da vida. Os beijos não foram suficientes para acalmar a vontade que havia em meu coração de demonstrar o quanto estava apaixonado, mas sei que foi um dos melhores dias da minha vida e este momento, com certeza, foi o mais especial até hoje.

Foi, por assim dizer, uma noite perfeita. Ao regressarmos à casinhola, meus sentimentos se desequilibraram e me dei conta de que tinha incomensurável saudade da companhia de alguém por quem me apaixonasse de repente. Deitamo-nos. Nada nos restou. Fizemos o que foi preciso: a premência da carne. Demos o que comer ao lobo. Concupiscência e união de essência. O pretérito, o corrente e o vindouro se acoplaram. Senti-me cada vez mais adjacente ao paraíso com o passar da noite. No dilúculo inquieto, após o deleite, adormecemos.

Foi a primeira noite que passei com Rosa.

Capítulo 6

Ainda não consigo entender o que senti quando a vi pela primeira vez. Lembro-me de tantos detalhes, mas não posso, por mais que me esforce, explicar com palavras o sentimento que se apossou de meu coração quando meus olhos encontraram os dela na manhã seguinte. Muito menos conseguiria descrever a beleza do seu sorriso ou a energia que sentia esvair, que, de algum modo, me puxava, querendo estar ao seu lado tanto tempo quanto fosse possível.

Ela é, com toda a certeza, a mulher mais linda que já vi. E não digo isso somente pelo que pude observar, mas, principalmente, por aquilo que senti. Sabia que era uma pessoa maravilhosa, tão especial que, somente em pensar na sua presença, me sentia mais leve, mais feliz.

Imaginei incontáveis situações ao seu lado. A primeira coisa que me vem à cabeça é a beleza de seus olhos. É extremamente difícil encontrar os termos certos para me expressar sobre ela. Jamais duvidei do poder das palavras, mas descrever o modo exato como a vi talvez seja uma tarefa muito acima desse poder. O mesmo posso dizer quanto ao que senti, pois, em nenhuma hipótese, poderia fazer das palavras um reflexo exato do que possuía dentro de meu coração, do sentimento despertado naquele dia por ela.

Tudo o que posso dizer é que ela era maravilhosa, em cada detalhe, desde o modo de agir até o modo de se expressar. A timidez de seu sorriso, o brilho de seu olhar, a graciosidade com que bagunçou meu cabelo. Tudo isso fez dela a pessoa mais especial que já conheci, apesar de ainda não a conhecer por completo.

Não tinha dúvidas de que a amava. Jamais acreditei nesses amores que dizem ser à primeira vista, no entanto fui obrigado a mudar de opinião naquele dia. Ainda que soubesse qual era seu passado, nem um pouco digno, preocupava-me tão somente o estranho estado de espírito que naquele momento tomava conta de meu ser.

Julguei estar correto, após bom tempo de raciocínio, que seria possível não somente tê-la como mulher, mas convencê-la a uma mudança radical de vida. Como poderia pensar diferente, se naquele momento encontrava-me completamente apaixonado? Somente aqueles que já passaram por tal situação sabem exatamente do que estou falando. O amor é uma arma, muitas vezes dolorida, mas extremamente eficiente quando se trata de cultivar alguma esperança.

Fiquei muitos dias ao lado dela. Todas as tardes saíamos. Subíamos até uma montanha e lá conversávamos sobre muitos assuntos, dávamos risadas, sonhávamos com uma vida juntos. Sim, eu acreditava que ela também me amava. Que motivos teria para crer no contrário? Todas as vezes que nos víamos, percebia aquele sorriso encantador em seus lábios. Quando me via, seus olhos brilhavam, suas pupilas se dilatavam, sua voz mudava.

Quando chegava a noite, ainda na montanha, observávamos as estrelas, e eu a ensinava sobre as constelações e os possíveis planetas, observados e documentados pelos antigos, de diferentes épocas e nações. Procurávamos figuras no céu, e às vezes estrelas cadentes cruzavam nossa visão. Ela dizia que, se eu fizesse um pedido, ele se realizaria. Eu lhe dizia que, estando ao seu lado, já tinha meu desejo realizado.

Certo dia, ela me perguntou o que significava amar. Eu não soube responder com precisão, mas pedi que me desse algumas horas, para que lhe trouxesse a resposta. Tenho-a em minha mente. De vez em quando a recito para mim mesmo, perdido em meus pensamentos:

AMAR É TER VOCÊ

Amar não é colecionar momentos felizes
Amar não é jamais sofrer
Amar é simplesmente ser feliz
E ser feliz é dos momentos ruins esquecer

Amar é sentir-se completo
Não de si mesmo, ou de outro alguém
Amar é ter consigo todo o prazer
De esquecer o mal, e guardar o bem

Amar é sentir-se infinito,
É fogo que não pode se esgotar
É chama que jamais se apaga
Mesmo sem ninguém a vigiar

Amar é sentir-se livre,
Como se pudesse flutuar
Amar é a maior sensação
De satisfação a se desejar

Amar é o que eu sinto,
Quando penso em você.
Amar é o que quero que sinta,
Todos os momentos em que me ver.

Amar é tanta coisa,
Que eu não posso descrever.
Mas de maneira bastante simples,
Amar é ter você.

"Então tenho absoluta certeza de que te amo", foi o que me respondeu. Que felicidade senti! Quanta emoção! Naquele momento me perdi, me senti flutuando e não me recordava de nenhuma das infelicidades que havia um dia passado em minha existência. Acreditei que nada mais me seria necessário, senão tê-la comigo, amá-la e cuidar para que fosse a mulher mais feliz do mundo.

Eu estava disposto a fazer isso. E fiz, enquanto estive em sua presença. Tentei ajudá-la, instruí-la sobre assuntos diversos, espalhar e cultivar o conhecimento que meu mestre havia me legado. Na época, nem lembrei que Kirsten havia me abandonado e poucas vezes questionei-me onde poderia estar Fritz. Só tinha olhos para Rosa.

Perdi a noção do tempo. Não sei, e não poderia saber, quantos dias passei ao seu lado. O que sei é que, junto dela, o tempo passava rápido, e quando longe, parecia uma eternidade. Quem dera se a felicidade pudesse ser eterna! Aqueles dias foram, sem sombra de dúvida, o mais próximo que já pude estar do paraíso. Talvez eu não fosse merecedor, pois aquilo teria de acabar.

Aos poucos, Rosa foi tornando-se mais fria e distante. Não mais conseguia ver em seus olhos o brilho que um dia me fez sorrir e acelerar meu coração. Não mais me dizia as palavras doces, que me acalmavam a alma. Não mais me fazia tremer, ao ouvir sua voz. Quem eu conhecia, por mero capricho do destino, certo dia, sem aviso prévio, deixou de existir. Trocaram-na por uma estranha. Essa foi a maior dor de minha vida.

Ainda me lembro da última noite ao seu lado. Discutimos por seu comportamento estranho. Ela nada disse. Simplesmente deitou-se, e eu a imitei. Um dia depois, entrei pela porta de sua casa, sem bater, naquele tempo já tínhamos intimidade suficiente para tanto. Logo formou-se a dor. Encontrei-a com outro homem ao seu lado. Corri dali o mais rápido que pude, tentando barrar os pensamentos que me vinham à mente, assim como as lágrimas que me escorriam pelos olhos.

Entrei em um estado de desespero completo, de modo que, aos poucos, creio ter perdido a consciência. Não me recordo de nada depois disso. O que sei é que acordei certo tempo depois, mais calmo, com a cabeça no lugar. Chamou-me a atenção o fato de haver sangue em minhas mãos e em minha roupa. Acreditei que tivesse me ferido, mas nenhuma dor física, nenhum ataque ao meu corpo poderia superar a dor que sentia em minha alma.

Resolvi voltar à casa de Rosa, tentando-me enganar, dizendo que talvez tudo aquilo fosse apenas um mal-entendido. Buscava acreditar, no íntimo de meu ser, que ela não havia me traído, que me precipitara e que talvez o errado em toda aquela situação fosse eu. Como nossa mente é perigosa, caro Saymon! E como é poderosa! Sem sombra de dúvidas, a combinação mais explosiva existente.

Por alguma razão, a qual até hoje desconheço, sentia-me culpado, como se tivesse cometido um crime contra a pessoa que mais amava. Estava disposto a pedir desculpas, sem nem ao menos questioná-la quanto à situação. Assim teria feito, se a tivesse encontrado em sua casa, mas, quando lá cheguei, não havia ninguém.

Capítulo 7

Tudo o que vi foi uma casa desarrumada, com uma mesa virada e cadeiras quebradas. Imaginei uma resposta para tudo aquilo, mas nenhuma explicação vinha-me à mente. Saí da casa desanimado, triste e chorando. Gritei por seu nome, implorei para que aparecesse e voltasse para meus braços. Tudo em vão. Desconfiei, alguns minutos mais tarde, que ela me traía já há algum tempo. Perguntei a todos quanto encontrei onde ela estava, mas ninguém quis me dizer. Expulsaram-me da aldeia. Eu me neguei a sair, é claro. Acreditava que Rosa retornaria, e eu deveria estar esperando por ela ali.

Aguardei por algumas horas, ameaçado de morte pelos moradores do lugar, que me olhavam como se eu fosse um monstro. Não obtive qualquer notícia sobre o paradeiro de Rosamund. Ela simplesmente sumiu, como uma brisa que somente uma vez nos abraça a face num outono gelado.

Enquanto tentava me consolar com pensamentos distantes, sentado no alto do monte em que jurei amor eterno à Rosa, espantei-me com uma sombra que se aproximava pelas minhas costas. Olhei assustado e vi que era Fritz.

— O que houve meu amigo? Por que me abandonou? Não sabes pelo que passei nos últimos dias! Foi maravilhoso, mas o desfecho está sendo aterrorizante.

— O que quer dizer? Estive aqui o tempo todo. Está se sentindo bem?

— Como esteve aqui? Desde o primeiro dia que cheguei a esta aldeia, não o vejo. Saiu de minha companhia ainda na taverna, quando aqui aportamos.

— Meu amigo, receio que esteja confuso. Seus pensamentos não estão no lugar, mas isso não vem ao caso agora. Precisamos fugir, pois os habitantes da aldeia estão com medo de você. Acusam-te de ter matado uma mulher.

Não conseguia compreender o que Fritz dizia.

— Como assim? Acusam-me de ter matado uma mulher?

— É o que estão dizendo.

— Pois estão muito enganados! Eu seria incapaz de fazer algo do gênero, você sabe disso! O que não sabem é que foi uma mulher quem me matou! Destruiu meu coração! Sinto-me em pedaços, perdido, sem razões para viver!

— Não diga isso, meu amigo, você não está bem. Está muito confuso. Precisamos sair daqui imediatamente. Já falam de dar-lhe caça.

Mal terminou a frase, e senti uma tremenda dor em minha coxa. Fui atacado com uma flecha. Olhei para trás e vinham cerca de vinte homens em meu encalço. Eu tinha grande dificuldade de movimento, de modo que Fritz decidiu carregar-me para fora da aldeia. Em determinado momento, vimo-nos encurralados, e acreditei ser aquele o último dia de minha vida, porém, por alguma intervenção divina, no mesmo instante em que encomendava minha alma ao criador, apareceram os dois senhores que conheci no primeiro dia em que adentrara naquela aldeia. Os mesmos que no bar se dispuseram a nos ajudar a encontrar hospedagem.

— Vamos por aqui! — gritaram enquanto nos acenavam com a mão.

Uma multidão nos perseguia. Não nos alcançaram, pois Fritz era demasiado ligeiro. Mesmo carregando-me, corria feito o vento, de modo que ninguém jamais poderia ter-nos pegado. Os dois senhores levaram-nos por trilhas no meio de uma grande mata, até alcançarmos o alto de uma enorme montanha. De lá, avistei a aldeia, que ardia em chamas. Não tinha a menor ideia de qual poderia ter sido a possível causa do incêndio. Podia ver de lá a casa em que Rosamund e eu nos entrelaçamos em tantas noites amorosas. Avistei seu casebre se desmoronar, sendo engolido pelas chamas onde eu havia pisado minutos atrás. Lágrimas secas caíram de meus olhos.

Os dois senhores viram minha tristeza de menino e me disseram:

— Não se iluda, garoto. Acusam-te de ter matado uma mulher, mas sabemos que não fez nada disso. Nenhum de nós te julgaria por suas ações, já que certamente não sabia o que estava fazendo.

Acreditei que falavam sobre o amor. Eu era jovem e desconhecia exatamente o que se tratava tudo isso.

— Ainda não tive o prazer de saber o nome dos dois que nos salvaram a vida hoje — disse-lhes, ainda entristecido com todo o ocorrido.

— Eu sou Franz e este é Wagner. Vamos, temos muito caminho pela frente. Tal ocorrido me legou traumas, temores e angústias. Amava Rosa. Empós tudo, nunca mais soube seu paradeiro, se ainda respirava ou se jazia em uma cova, se estava bem ou mal. Enquanto Fritz me carregava em seus ombros, pensava eu loucamente na noite anterior e em tudo o que acontecera. Somente um homem loucamente apaixonado sabia a dor que se apoderava de meu peito naquele momento.

Franz e Wagner nos guiavam pelo caminho. Não tinha a menor ideia de para onde nos levavam. Pouco importava. Só conseguia pensar em Rosa. Só conseguia tentar imaginar as razões que a levaram a fazer tudo aquilo. Seria ela uma sádica, uma alucinada? Até hoje não posso dizer com total certeza.

Passaram-se muitos dias, e nenhum de meus novos amigos disseram qualquer palavra. No caminho, fizeram-me um curativo, e em pouco tempo era já capaz de andar, sem auxílio de Johan. Aportamos numa cidade chamada Paderborn. A falta de contato com a sociedade me trazia enorme curiosidade e buscava, a todo custo, qualquer distração que me fizesse fugir do estado de melancolia em que me encontrava.

Adentrando na cidade, tudo me parecia novo, inexplicável e admirável. Queria muito parar e compreender as máquinas de costura que estavam à venda em uma loja, porém Franz e Wagner me impediram.

— Trouxe-os aqui por um motivo.

— E qual é? — perguntei-lhes.

— Logo ficará a par da situação. Primeiramente, Franz e eu precisamos comprar algumas vestimentas novas.

Entraram então em uma das muitas lojas que se dispunham a vender trapos e artefatos de circo em troca de algumas moedas. Pouco depois saíram, e não os reconheci de imediato. Um dos homens usava um chapéu preto, calças justas e um luxuoso casaco vermelho, à moda de alguém notoriamente importante. O outro vestia-se muito mal, quase como um escravo. Sua vestimenta não passava de uma camisa velha e suja, uma calça muito larga e um calçado muito furado. Após o breve susto do encontro, percebi se tratar de meus amigos, o primeiro era Wagner e o segundo era Franz. Sem muitas delongas, interroguei a Wagner:

— O que tem a nos relatar?

— Acredito que lhe será de interesse uma pequena missão que percebi necessária — disse-me, enquanto observava assustado todo o movimento ao seu redor.

— Conte-nos então! — exclamamos Fritz e eu, quase ao mesmo tempo, com um interesse inacreditável.

Colocou-nos a par de seus planos rapidamente.

— Creio que vocês, meus novos amigos, sejam pessoas de bem, que não podem e não suportam ver a injustiça humana valendo-se sobre criaturas indefesas. Pois é isso o que ocorre nesta cidade! Anões estão sendo presos e torturados por gritarem a seguinte dicção enigmática: "Jape nan demaqueman". Há boatos de que, quando essa frase é citada, anões demônios germinam do solo, pois há uma semelhança sonora com a expressão em francês: "Invoco o diabólico anão agora". É claro que tudo não passa de uma tremenda idiotice.

— Isto é terrível! — exclamei. — Pretendem libertar os anões e precisam de nossa ajuda. É disso que se trata?

— Exatamente! E como pretendem fazê-lo — perguntou Fritz, menos emocionado e mais racional do que eu.

— Temos um plano a executar. Faremos um protesto pacífico e pediremos que soltem as pobres criaturas.

Parecia-me tolerável e bastante humana a conduta de Franz e Wagner. Admirei-os enormemente pela atitude. Talvez fosse aquela uma missão perigosa, mas a necessidade de distração fez-me aceitar a proposta, um tanto quanto estranha, de imediato. Fritz não pensou o mesmo. Por alguma razão, não gostava da ideia. Pedimos um tempo para um diagnóstico mais profundo. Duas horas debatemos e, ao final, concordamos em prosseguir, depois de muita insistência de minha parte para que Johan concordasse. Acordamos em não perder mais tempo e seguimos, em uma carroça, pertencente a Wagner, até uma casa que disseram ser de Franz.

A despeito de anões serem encarados com maus olhos, os que habitavam aquela cidade eram muito acatados pela população, algo totalmente incrível para este século maldito. Chegando à casa de meu novo amigo, avistei uma moçoila com pulcros olhos, de face prudente e firme, com um semblante dolente, porém amável.

Apesar de muito suja e cheirando mal, nos recebeu com uma honrável afabilidade e afago. Era a filha de meu amigo Franz. Chamava-se Helga. Seu cônjuge Oliver, de cabeça oval e errática, após curta conversa com Wagner, tornou-se nosso aliado na "missão suicida". Embora jovem, detinha o lume interior necessário para levar avante o que almejávamos. Debatemos durante três dias sobre a ameaçadora missão. Então, com a ajuda de Oliver, conseguimos mais de trezentas pessoas para um protesto contra o evento intrigante daquela região.

O motim se iniciou com o lusco-fusco. Saímos aos dizeres: "Libertem os anões, libertem os anões!". No entanto, os cavaleiros postos em frente a uma masmorra não se moviam, de modo que precisamos agir de maneira mais astuciosa e violenta. Eu não pensava que chegaríamos a tanto. Em minha cabeça, tratava-se de um protesto pacífico, exigindo, pelas leis divinas, que aqueles pequenos seres humanos fossem tratados com dignidade e libertos de suas acusações, mas as coisas fugiram do controle.

Oliver, com a esperteza de uma cabra, retirou do bolso de sua calça rasgada um canivete. Foi o suficiente para o disparate sangui-nolento dos cavaleiros. Olhos perfurados por lanças afiadas, gládios em peitos de inocentes, brutalidade de colossos equinos, cabeças que rolavam no solo estéril daquele nicho até então pacato. Nunca havia presenciado tamanha matança à plena luz do dia.

Tive de correr, meti-me em uma volumosa moita com Wagner, que havia perdido dois dedos e uma das pernas. Fui flechado apenas na perna esquerda, o suficiente para fazer-me pular como um rato do deserto e chorar como uma garotinha de 6 anos. Após a retirada de alguns cavaleiros notoriamente feridos, Wagner e eu rastejamos discretamente até a masmorra, onde se encontravam os anões.

Franz e Johan nos encontraram. O primeiro pegou a navalha de Wagner para sacrificar sua mão esquerda e poder abrir o cativeiro e libertá-los. A princípio, pensei ter tomado a decisão errada, mas pobres eram aqueles anões, com faces amedrontadas e chicoteadas pelas garras de um broto canibal. Libertá-los foi como me libertar a mim mesmo. Corriam como gazelas rechonchudas, apoucadas de ouro, mas grandes de coração.

Porém, não poderiam escandalizar logo ali. Uma agitação foi captada longinquamente por um dos cavaleiros, que foi checar o que havia de errado no recinto apertado e fedorento. Felizmente, já estávamos a caminho de um esconderijo e não fomos pegos pelos homens a cavalo. Entramos na carroça de Wagner e nos dirigimos até uma casinhola, que hoje é onde resido. A carruagem atolou-se logo ao parar em frente à casa, pois muito chovia naquele dia.

Todo esse episódio ficou cravado em minha consciência. Lembro--me dele toda noite antes de repousar. Oliver e Helga foram cruelmente massacrados naquele dia. Tal insurreição deixou marcas indeléveis em minha alma, principalmente na alma de Wagner, agora chamado "o coxo". Voltaram, pouco depois, ambos para Paderborn, Wagner carregado por Franz, após o aleijado ter recebido cuidados médicos advindos de Fritz e eu.

Sua carruagem permaneceu para sempre no mesmo local onde atolou. Os cavalos fugiram durante a noite, já que nos esquecemos deles. Meu rico colega teve sorte de ter sobrevivido e, pelo que sei, arrependeu-se da empreitada, tendo saído lançando uma torrente de insultos. Por essas e outras, jamais os reencontrei, nem mesmo lhes escrevi. Tudo foi recíproco. Foram mais dois amigos que ficaram para sempre marcados por breves momentos ao meu lado.

Arrependi-me por ter participado de tamanha carnificina. Percebi que o instinto de Johan era mais aguçado do que o meu, já que ele percebera, ainda antes de aceitarmos, que algo em tudo aquilo não cheirava muito bem. É verdade que nossa causa era nobre, porém a conclusão foi terrível. Recordo-me de ter pensado onde se encontrava Kirsten e o que teria achado de tudo aquilo.

Capítulo 8

A esta altura, Saymon começava a duvidar de Estrotoratch, que percebeu tal sentimento no olhar do amigo, de modo que quis comprovar o que havia contado.

— Venha até aqui, Saymon! Quero que veja uma coisa.

Saymon o acompanhou até uma pequena saliência, a qual escondia em seu profundo uma carruagem.

— Ali está a carruagem de Wagner, ou pelo menos o que sobrou dela. O tempo não teve pena dela, quase não é possível reconhecê-la.

Saymon se espantou ao ver uma carruagem, já bastante destruída pela ação do tempo. Na verdade, tratava-se de um coche, um tipo de carruagem ainda pouco conhecida. Diferente das carruagens tradicionais, esse meio de transporte possuía correias de couro fixas a uma estrutura montante, as quais sustentavam as rodas. Esse sistema, inventado na Hungria, fora projetado com a intenção de diminuir os solavancos e trepidações, trazendo mais conforto aos passageiros. O tejadilho tinha forma curva, sendo suportado por quatro pilares. Não possuía portas, apenas duas aberturas laterais, uma de cada lado.

— Meu amigo, confesso que o episódio que acaba de narrar é tão estranho que cheguei a duvidar de sua veracidade.

— Sei disso. Por isso quis lhe mostrar.

Saymon convenceu-se do episódio dos anões, mas, em seu íntimo, algumas dúvidas começaram a ganhar forma. A narrativa sobre o romance de seu amigo com Rosa era bastante enigmática. Questionava o porquê de Fritz ter-lhe dito que estava o tempo todo na aldeia, enquanto Estro dizia que não o havia visto desde o primeiro dia em que lá chegaram.

— Meu amigo, sua história de vida é, sem dúvidas, fantástica. Sinto muito pelos desapontamentos os quais precisou passar em sua existência!

— Estamos apenas no começo. Mesmo que tenha sido enormemente dolorido todo o ocorrido com Rosa, ainda não havia passado pelas maiores provações de minha existência. Meu pobre espírito teria de se recuperar de muitas mais, sendo a maior delas de incalculável dor.

— Sim, compreendo — disse Saymon. — Continue contando. Estou curioso quanto a tudo isso.

— Vou continuar.

Minha visão de mundo mudou após aquele dia. Uma parte de mim morreu depois dos acontecimentos trágicos que acabo de lhe relatar, meu caro Saymon. A inocência deixou de fazer parte de meu caráter, assim como a pureza de minhas ações. Não se confunda, pensando que me tornei um homem mal, longe disso. As lições valiosas que tomei com Kirsten me impediriam de cultivar, por muito tempo, qualquer pensamento egoísta ou maléfico.

O que quero dizer é que, a partir daquele dia, um mundo novo se abriu diante de meus olhos. A doce ilusão de uma vida simples e aconchegante, ao lado de meus amigos, deixou de existir. Fui espancado pela realidade e comecei a enxergar as tristezas deste mundo de maneira mais próxima. Cheguei a compreender a razão pela qual Kirsten escolhera viver conosco no deserto e ensinar-nos sobre humildade e ciência, do modo mais distante possível da civilização.

Afinal, como poderia fazer-nos enxergar a bondade imersos em meio à pura maldade que se aloja na maior parte dos seres humanos? Como poderíamos acreditar no que é correto em meio àqueles que fazem o errado? Kirsten era de fato um sábio, soube fazer tudo da melhor maneira possível.

Não conseguia deixar de pensar nisso. Agora, além do meu amor desastroso com Rosa e do sumiço inexplicável de meu tutor, precisava conviver com meus pensamentos, tentando compreender as razões pelas quais topei participar do evento proposto por Wagner e Franz. Naquele dia, conheci o verdadeiro arrependimento, ainda maior do que aquele que senti quando deixei minha família e lancei-me ao mar.

Porém, não devo perder tempo dizendo-lhe somente como me sentia, que estava mal já sabe. Qualquer um que escutasse um pedaço de minha história de vida poderia entender que sou uma pessoa que carrega consigo inúmeras dores. Devo continuar os relatos, para que a história não se estenda demais.

Assim, após o regresso de Franz e Wagner, Fritz e eu vimo-nos novamente sós. Cogitamos fortemente a ideia de regressarmos ao deserto e lá voltarmos a viver, continuando nossa fabricação de porcelana e levando uma vida simples. E foi o que fizemos. Devo dizer que Fritz não sentia tão fortemente o impacto da realidade, como eu. Talvez porque fosse mais forte ou porque já tinha passado por coisas do gênero anteriormente. A verdade é que eu pouco conhecia sobre o passado de meu amigo, que se negava a compartilhá-lo com quem quer que fosse.

Como estava dizendo, resolvemos que voltaríamos ao deserto e que lá retornaríamos com a vida humilde e feliz que levávamos antes do abandono de Kirsten. Levamos alguns meses para chegarmos até nossa antiga morada, e a surpresa, quando lá chegamos, foi grande.

Para nosso deleite e incomensurável espanto, lá estava Kirsten. Esperava-nos, sentado em sua cadeira, olhando para o horizonte. Não me contive. Ao reconhecê-lo, corri ao seu encontro. Não tive a coragem necessária para dar-lhe um abraço, portanto contentei-me com um aperto forte de mão. Fritz imitou-me.

— Burk, não sabe como me alegro em ver-te novamente! — disse-lhe. — Acreditei que tinha nos abandonado e que jamais regressaria.

— Estrotoratch, há algo que preciso lhe contar.

— Pode me contar o que quiser depois, meu grande amigo. Primeiro devemos comemorar seu regresso. Fritz e eu também temos algumas confissões a lhe fazer. Coisas que fizemos em sua ausência e que nos arrependemos enormemente. Não é mesmo, Johan?

— Sim, Estrotoratch tem razão, caro mestre. Devemos nos preocupar primeiramente em comemorar que estamos novamente unidos.

— Não há tempo para comemorações. Na verdade, nem mesmo mereço algo de gênero. Preciso confessar uma coisa, principalmente a você, Estro.

As palavras de Kirsten adentravam em meu peito como uma navalha. Sabia que deveria ser algo extremamente sério, já que, de nenhum outro modo, ele teria tratado daquele modo a ideia de fazermos uma comemoração. Além disso, sua face estava completamente abatida, como quem acabara de cometer um crime violento e desumano.

— Pois então me diga de uma vez do que se trata — falei.

— Meu amigo Estrotoratch, não sabe o quanto agradeci a Deus por tê-lo conhecido naquele navio em que nos encontramos presos alguns anos atrás. De fato, por vezes acreditei ser nosso encontro a razão pela qual fui levado àquele cativeiro. Foi pela necessidade de que você voltasse à civilização e obtivesse sua liberdade que acabei sendo tragado pelo Capitão Dirck, sendo obrigado a trabalhar na condição de quase escravo por todo aquele tempo. No entanto, você não estava preparado para sua missão, não tinha condições de realizar aquilo que o Criador planejou. Portanto, vi-me na condição de tutorá-lo e ensiná-lo os conceitos científicos e morais. Precisei mostrar-te o caminho da bondade e da astúcia, do conhecimento e da fé.

— Sim, meu mestre. Ensinou-me muito bem tudo isso, com exceção da fé. Talvez eu não tenha aprendido tão bem quanto deveria, mas não estou entendendo aonde quer chegar. Que missão é esta a que estou encarregado? O que quer dizer com tudo isso?

— Acalme-se e deixe-me terminar!

— Está bem, grande mestre. Continue.

—Disse bem quando se referiu à fé como ponto falho em meus ensinamentos. E é para isso que retornei. Esta será sua última lição. A partir daqui, estará preparado e poderá seguir sem mim.

Devo dizer-lhe, Saymon, que eu estava completamente confuso com o que Kirsten falava. Por vezes questionei a sanidade mental de Burk e lançava olhares a Fritz, que de igual modo não compreendia o que estava se passando ali. Kirsten parecia estar muito mal.

— Friederich Estrotoratch, é necessário que saiba que sobre toda a criação reina uma vontade divina que se faz presente em cada instante de nossa existência. Ela é capaz de auxiliar-nos quando necessário e de guiar-nos pelos caminhos da justiça e da bondade. Foi este Ser que um dia, estando eu desesperado e questionando a razão pela qual fui levado a cativeiro, apareceu-me em sonho e disse-me que naquele navio havia um menino que precisava regressar à civilização para cumprir sua missão. Vendo a necessidade de auxiliá-lo naquilo que você estava condenado a realizar, conjecturei um plano que nos tirasse daquele navio e das garras do Capitão Dirck.

Burk começava a soluçar, enquanto lágrimas escorriam por sua face como uma cachoeira. Fritz e eu estávamos assustados.

— Foi nesse dia que eu lhe enviei aquele bilhete, dizendo que deveria se preparar para a fuga. Não quis lhe apresentar o plano que deveríamos seguir. De fato, não o poderia dizer, pois, se o fizesse, talvez não aceitasse tomar empreitada junto a mim. Na noite de nossa fuga, sabendo que todos os marinheiros, incluindo o capitão Dirck, se embebedavam como de praxe, dirigi-me até o armário de bebidas e coloquei em cada uma das garrafas certo veneno. Que vergonha, meu Deus! Como fui capaz de fazer uma coisa dessas! Eu os matei! Envenenei a todos para que pudéssemos fugir sem preocupações.

— Por isso que esteve tantos dias abatido? — perguntei.

— Sim, exatamente. Não tive em minha vida um dia sequer de sossego após o ocorrido. Não sabia o que fazer e não poderia jamais me perdoar pelo que fiz. Na verdade, ainda não me perdoei.

No entanto, sabendo que necessitava ensinar-lhe muitas coisas, com grande esforço, tentei barrar tais pensamentos e buscar viver uma vida normal. Encontrar Fritz e viver isolado da sociedade foi fundamental para tanto. Contudo, ainda que por um bom tempo impetrasse êxito em manter-me o mais normal possível, alguns dias atrás me abateu novamente tal angústia, por isso precisei ir-me daqui. Não sou, nem poderia ser, um verdadeiro mestre para ambos. O que fiz não merece perdão, portanto decidi fugir da presença de vocês. Regressei para contar-lhes o que houve e para dizer-lhes que tudo foi inteiramente de minha responsabilidade.

— Kirsten, não havia necessidade de tudo isso — disse Fritz.

— Fritz tem razão. Sempre será meu mestre e, acima de tudo, um grande amigo. Jamais me esquecerei do que fez por mim. Se não fosse por você, nunca teria conseguido fugir daquele navio. Além disso, ensinou-me valorosas lições.

— Entendo seu ponto de vista, caro Estro. Porém, receio que não possa viver com essa angústia na presença de vocês dois, homens de bem. Não sou uma pessoa pura, desde o dia em que matei exatos trinta e três homens daquele navio.

Kirsten mal acabara de pronunciar tal frase, quando foi interrompido:

— Trinta e dois, caro Kirsten. Eu sobrevivi — falou uma voz familiar, a poucos metros de onde estávamos.

Não é preciso explicar a surpresa que sentimos ao ouvirmos aquela voz. Passada a surpresa inicial, busquei em minhas lembranças e a reconheci. De imediato, acreditei tratar-se de um fantasma, já que o senhor que emitia aquela voz deveria estar morto.

— Dirck! Não é possível! — exclamou Kirsten.

Virei-me para a direção de que a voz provinha. Para meu quase completo desespero, deparei-me com a figura do velho Capitão Dirck, de quem falávamos naquele mesmo instante.

— É um fantasma! Veio nos assombrar pelo ocorrido — gritei, em pleno desespero.

— Não, meu amigo Estrotoratch, não é um fantasma. Digo-lhe isso com completa certeza, apesar de jamais ter visto esse tal capitão Dirck — falou Fritz, completamente calmo, como se nada de estranho estivesse acontecendo naquele local.

— Como não? Não acabou de ouvir a história de Kirsten, dizendo que Dirck e seus marujos foram envenenados no dia de nossa fuga?

— Sim, ouvi muito bem.

— Então acha que Kirsten é um mentiroso? Não crê no que diz?

— É claro que creio, meu amigo Friederich. No entanto, fantasmas não andam por aí com uma garrafa na mão, montados em um cavalo de verdade e, pelo que sei, não fedem tanto quanto esse homem que se aproxima.

Voltei meus olhos para o capitão Dirck e vi que ele se aproximava de nós, trazendo consigo o fedor que lhe era característico. Senti fortes náuseas.

— Então aqui estão vocês, meus marujos amotinados! Que belo lugar escolheram para esconderem-se de mim!

Kirsten estava completamente abatido. Encarava Dirck, sem acreditar no que via, pois, para ele, aquele homem deveria estar morto há pelo menos dois anos.

— Dois anos! Dois anos! Foi o tempo que levei para encontrá-los. Passei por maus bocados, por conta de vocês dois. Precisei vender meu navio e, naquele mesmo dia, jurei vingar-me dos dois. Na verdade, dedico minha vida, do dia de sua fuga até hoje, à vingança contra vocês! — disse Dirck, urrando como lhe era de costume.

Kirsten continuava apático, parado feito uma estátua de mármore, somente ouvindo, ou delirando com tudo o que acontecia. Para ele, certamente Dirck se tratava de um fantasma ou assombração, que vinha direto do inferno para buscá-lo e levá-lo para sua companhia no abismo de fogo.

Já Fritz mantinha a calma habitual. Sentou-se, talvez tentando entender exatamente o que se passava por ali. Em momento algum, percebi em seu olhar qualquer sinal de medo ou desespero. Já eu estava completamente amedrontado, confuso e desolado. Mil pensamentos cruzavam minha mente. Sabia que morreria naquele instante, ou seria novamente levado como prisioneiro.

— O que quer de nós? — perguntou finalmente Kirsten, enquanto lágrimas corriam por sua face.

— De vocês? De vocês não quero nada. Já lhes cobrei a conta que me deviam. O que eu sofri durante esses dois anos vocês sofrerão por toda a vida, disso tenho absoluta certeza.

— Do que está falando? — perguntei.

— Logo descobrirão. Saibam apenas que fiz uma visita a Gotinga e Londres. Creio que, com isso, já tenham compreendido o que quero dizer. Adeus! Espero que tenham uma odiosa vida de sofrimento e rancor! — berrou o capitão. Virou-se então, bebeu um gole de sua garrafa de rum e, estando prestes a sair a galope, gritou:

— Ah, quase esqueço! Não deixem de agradecer a seu amigo por mim. Rhazt foi realmente muito importante. Se não fosse por ele, jamais teria encontrado vocês dois, muito menos suas famílias!

Saiu a galope, levantando enorme massa de poeira estrada afora.

Eu ainda não havia compreendido muito bem do que falava Dirck. Por um momento, acreditei que estávamos a salvo, já que ele ia embora sem ter nos feito nada. No entanto, percebi que algo realmente estava errado, quando olhei para Kirsten, que chorava como criança, ajoelhado, com as mãos na cabeça. Fritz permanecia tranquilo, como as águas de um lago.

— Mestre, o que há? Creio que o perigo já tenha passado. Por favor, não se culpe por ter envenenado aqueles homens! Veja bem que tipos de pessoas eram. Dirck é a amostra viva de que ter-lhes tirado a vida foi um favor que fez para a sociedade.

— Estrotoratch, Estrotoratch! Ainda não percebeu? Depois de tantas lições que lhe dei, ainda não consegue compreender o que aconteceu aqui?

Fiquei perplexo, porém nada entendi naquele instante. Olhei para Johan, que, com um olhar triste, olhou para mim e abaixou sua cabeça. Ele certamente compreendeu, enquanto eu nada entendia.

— Do que está falando, Kirsten?

— Não deu atenção ao que ele disse? Realmente não compreendeu?

— Não, caro mestre. Diga-me, Fritz! Explique-me do que se trata!

Fritz olhou-me mais uma vez com o olhar triste de quem compreendeu a tragédia que possivelmente havia acontecido.

— Estrotoratch... se me recordo bem, você é de Gotinga, não é? — perguntou.

— Sim, mas o que isso tem a ver?

— E Kirsten disse-me certa vez que é de Londres, onde tem família.

Houve em minha mente um clarão, causando-me uma quase imediata dor de cabeça, como se uma pedra me tivesse acertado. Havia tanto tempo que não via minha família que quase me esqueci de sua existência. Dirck havia os visitado, e eu sabia bem o que aquilo significava. O mesmo aconteceu com Kirsten. Compreendi então por que meu mestre entrara naquele estado de completo desespero. Dispus-me também a chorar. Entendi, naquele momento, porque Dirck se referia a um sofrimento para o resto da vida. De fato, teria que lamentar amargamente pelo resto de minha existência, caso o capitão tivesse assassinado meus pais e irmãos.

Permanecemos Kirsten e eu em um estado de melancolia durante algum tempo. Não sei qual foi a duração dessa depressão. Recordo-me apenas de ficar durante horas chorando e depois mais algum tempo olhando para um ponto fixo no horizonte. Kirsten estava num estado pior do que o meu. Foi Johan quem nos tirou do estado em que estávamos.

Capítulo 9

— Meus amigos, compreendo que estejam em um estado de extrema tristeza e melancolia, porém devo dizer-lhes algo: ainda não sabem exatamente do que o capitão falava. Disse que visitou seus familiares, porém não disse o que lhes tinha feito. Além do mais, ele poderia estar blefando.

— Tem razão, Fritz — animou-se Kirsten. Devemos partir para casa e procurar saber o que aconteceu. Ainda que as esperanças sejam pequenas, existe a possibilidade de que estejam vivos, talvez até mesmo de que estejam necessitando de ajuda.

É claro que eu não acreditava nessa hipótese, muito remota, aliás. Sempre fui sujeito pessimista e evitava, a todo custo, olhar para algo com um pensamento positivo. Acreditava que, pensando no pior, estava me preparando para ele, o que na verdade sempre foi um tremendo engano de minha parte. Todo preparo é despreparo.

Mas o que poderia fazer, senão confiar nessa última esperança? No que poderia me agarrar, após todos esses acontecimentos, senão na expectativa de que o capitão Dirck estivesse apenas tentando nos amedrontar? Movidos por tais pensamentos, resolvemos partir. Calculamos a rota e decidimos que seria preferível nos dirigirmos primeiramente a Gotinga, depois irmos até a Inglaterra. Assim fizemos. Pouparei você dos detalhes sobre a narrativa da viagem. Saiba somente que no caminho tratamos de arrumar alguns cavalos.

Não recordo como Kirsten os pagou. Estava tão despedaçado interiormente que muitos dos detalhes desse dia se perderam em minha memória, ou talvez eu os tenha deixado passar despercebidos. Lembro-me apenas de que Kirsten comprara com um comerciante uma pistola. Acreditei que seria para nossa proteção, caso necessário.

Partimos imediatamente, com uma pressa indescritível. O que deve saber é que, durante todo o tempo em que estivemos em marcha, estive perdido em meus pensamentos, como se estivesse em outra dimensão. Meus companheiros, mais maduros e preparados do que eu, lidavam com toda a situação de maneira muito mais racional.

Depois de alguns dias, chegamos a Gotinga. Vieram-me então muitas lembranças daquela cidade. Toda a minha juventude veio de repente aos meus olhos. Cada pedaço daquela cidade possuía um lugar especial em minha memória; por algum tempo, me senti feliz por ali retornar. Mesmo após muitos anos distante dali, encontrei com tranquilidade a casa que pertencia a meus pais.

Chegando lá, nada encontrei. Fui até certo vizinho, perguntar o que havia acontecido com minha família. O pobre senhor, de idade avançada, teve certa dificuldade para entender-me, pois era um tanto quanto surdo. Fiz alguns esforços para que me reconhecesse e, após algum tempo, ele se recordou. Pareceu-me contente por encontrar um conhecido. No entanto, foi com grande pesar que me informou o fim de minha família. Certo dia, há não muito tempo, ainda antes do anoitecer, um bando de homens invadiu a casa de meus pais e levou-os dali. Disse que, pelo que sabia, meus pais e meus irmãos tinham sido vendidos como escravos.

Foi-me aquele um golpe quase fatal. Seria impossível descrever o estado emocional em que me encontrei após as palavras do velho senhor. Lamentei infinitamente, sobretudo porque tudo aquilo era minha culpa. Tendo fugido para o mar, quando mais novo, fui feito escravo. Fugindo da escravidão, Dirck vingou-se, fazendo de escravos a minha família.

Meu lamento durou alguns dias, nos quais Fritz e Kirsten foram muito compreensivos. Pensei, por diversas vezes, que desfaleceria naquele local. Parte de minha alma parecia ter sido sugada de meu corpo, e a razão de minha existência ficou completamente abalada na ocasião. No entanto, sabia que não poderia demorar-me muito ali, já que Kirsten também queria saber o que acontecera com sua família. Levado pela minha obrigação em continuar e ajudar meu nobre amigo e tutor, encontrei forças onde não tinha, e continuamos a viagem até a Inglaterra.

Esta parte da viagem foi ainda mais dura para mim. Foi confirmado que meu pessimismo não era de todo errado. No entanto, de nada me ajudou. Por vezes precisei ser carregado por meus companheiros, pois me faltava o ar e sentia tonturas constantes. Acreditei algumas vezes que eu morreria antes de chegar à casa de Kirsten. Demoramos alguns meses para chegar ao Canal da Mancha, o qual cruzamos com a ajuda de um dos muitos navios que ligavam a ilha ao continente. Kirsten, durante toda a viagem, demonstrava-se ansioso e preocupado. Diferente de mim, ele já não mais possuía pais e irmãos, mas havia deixado em Londres sua mulher e dois filhos.

Chegamos no dia 7 de abril de 1459. Kirsten dirigiu-se para sua casa e, para nossa surpresa, ao bater à porta, sua mulher atendeu. Seria desnecessário comentar a alegria que possuiu meu mestre naquele instante. Sua mulher estava bem, assim como seus filhos. Foi-nos um momento feliz e festejamos durante aquele dia, até à tarde. Voltei a ver, naquele dia, um sorriso no rosto de Kirsten, após muito tempo.

Sua felicidade foi para mim uma espécie de alívio, pois me fez esquecer por alguns instantes a minha forte tristeza. A mulher de Burk nos preparou pouso. Recordo-me de ter contado ao filho de Kirsten uma história antes de sua mãe levá-lo para cama. Deitei-me em um quarto, sozinho. Não demorei a pegar no sono, pensando que aquele dia, em meio a muitos ruins, era um dia bom.

Bem, eu estava enganado, como sempre. Aquele dia seria, dentre os muitos de minha existência, o mais marcante, sem dúvida alguma. Havia já sofrido amorosamente pelo episódio com Rosa, o qual todos os dias, na hora de dormir e ao acordar, afligia-me a alma, fazendo-me questionar se um dia eu seria capaz de superar tudo aquilo. Porém, por mais triste e obscuro que tenha sido para mim, ainda não se compararia ao que viria a acontecer naquela noite. Acordei sobressaltado antes do cantar do galo, com gritos e choro que cortavam o coração. Saí da casa e vi a cena mais triste da minha vida. Dirck e dois de seus capangas tinham a mulher e os filhos de Kirsten, cada um em seus braços, com uma faca em seus pescoços. O desgraçado havia nos seguido, esperando que chegássemos a Londres para vingar-se de Burk.

Nem mesmo pensamos nessa possibilidade. Era evidente que Dirck não sabia onde a mulher e os filhos de Kirsten residiam. Esperou-nos então, para se guiar através de nós. Quanta maldade inundava o coração daquele odioso ser! Que raiva senti, ao ver-me incapaz de fazer qualquer coisa para ajudar aqueles pobres inocentes!

Kirsten implorava a Dirck que os soltasse, fazendo-lhe mil promessas de que seria para sempre seu servo, caso os deixasse ir. Porém, o bruto animal não se comoveu com o choro da mulher, nem das crianças, muito menos com o de Kirsten. Meu mestre foi então obrigado a sacar a pistola, que carregava consigo junto à cintura. Dirck pareceu temer aquela arma, capaz de derrubar um homem em um segundo.

— Não seja idiota Kirsten! Tenho uma faca no pescoço de sua mulher, e Rhazt e Bob tem o mesmo no pescoço de seus filhos. Ainda que me mate, sua bala custará a vida de suas crianças! Não seja estúpido!

Kirsten não sabia o que fazer. Em alguns instantes, dava mostra de que abaixaria a pistola, em outros parecia que estava decidido a estourar os miolos do capitão.

— Deixe-os ir Dirck, eles nada têm a ver com tudo isso.

— Nada a ver? — perguntou o capitão, gritando como de costume.

— Sim, seu problema é comigo. Mate-me se quiser, mas deixe-os ir.

— Matá-lo? E por que motivo faria tamanha idiotice? Se te matar, seu sofrimento não durará mais do que alguns instantes. Por outro lado, se acabar com sua família, terá que conviver com essa dor pelo resto de sua existência, a qual espero sinceramente que seja muito longa!

Kirsten não sabia o que fazer. Eu percebia, mesmo a alguns passos do local, que ele estava perturbado demais para tomar uma decisão quanto a tudo aquilo. Com razão, é claro. O que poderia fazer naquela situação?

Eu sentia o sangue me fervendo nas veias. Desejava fortemente ter qualquer arma, com a qual pudesse matar os três, brutos animais sem coração, mas, ainda que tivesse, nada adiantaria. Com apenas uma bala por vez, seria-me impossível derrubar os dois capangas de Dirck sem que algum de seus filhos saísse ferido.

Tinha especial rancor e ódio de Rhazt, que permanecia calmo, segurando o filho daquele que lhe acolhera e tanto ensinara. Johan mantinha uma chama viva em seu olhar. Creio que, se a família de Kirsten não corresse risco de vida, ele mesmo se lançaria contra os três brutamontes e os fariam pagar com suas vidas.

Não houve tempo para pensar muito mais. Com um sinal de cabeça, Dirck ordenou que lhes cortassem a garganta. Caíram então os três no solo.

— Vamos, Rhazt e Bob! — gritou para seus dois companheiros.

Fugiram então os monstros em três cavalos.

Kirsten correu até sua mulher e seus filhos, esquecendo-se de ao menos descarregar sua pistola sobre o Dirck e seus capangas. Tomou sua família nos braços, entre choro e soluços. Era de cortar o coração. Olhou para os céus, como quem pedia desculpas ao Criador, depositou a cabeça dos três no chão e disse-nos:

— Dê a eles um enterro digno. Adeus, meus amigos! Obrigado por tudo!

Pegou então a pistola, deitada sobre o chão manchado de sangue, apontou para sua cabeça e puxou o gatilho. Um som agudo cortou o ar, seguido do barulho de Kirsten caindo ao chão.

Capítulo 10

Entrei em estado de choque após o acontecido. Fiquei paralisado, por certo tempo, tentando compreender o que se passara ali. Demorei alguns minutos para entender aquela sequência de tragédias. Fritz perdeu a compostura e correu até Kirsten, pegando-o nos braços. Pela primeira vez, vi correr-lhe pela face uma lágrima.

Aqueles que convivem com a dor sabem como meu mundo tornou-se mais escuro e triste. Sentia ser injusto um homem tão nobre e bondoso ir-se, enquanto um bando de maltrapilhos e ordinários cidadãos mantinham-se firmes e fortes, a enganar, iludir e tantas mais atitudes que muitas vezes me fizeram duvidar da superioridade humana diante de toda a criação. Aliás, creio que em nada somos superiores, senão em nos orgulharmos de algo que pensamos ser.

Eu lamentei durante toda a noite, enquanto Fritz se ocupava de fazer a última vontade do mestre. Cavou, até o amanhecer, três covas, naquele mesmo local. Via em seu olhar um sentimento estranho, diferente de tudo o que já havia passado em sua presença. Enterrou os três, um ao lado do outro. Fez então três cruzes e colocou por sobre as covas.

Não o ajudei. Estava abatido demais com tudo o que acontecera. Creio que Fritz tenha compreendido, por isso fez tudo por conta própria. Ao amanhecer, pegou a arma de Kirsten, despediu-se de mim e saiu a galope em um cavalo. Não me disse aonde iria, nem o que faria. Simplesmente foi. Meu estado emocional me impedia de questioná-lo sobre isso.

Não saberia dizer com certeza, mas creio que esses acontecimentos me fizeram enxergar a vida de maneira mais crítica, talvez até mais racional. Acordou em mim, enquanto varava as noites em claro, um espírito científico mais aguçado, uma contemplação pela necessidade de manter tudo sob meu controle. Talvez essa visão profunda e tão pontualmente racional tenha sido o motivo de meus maiores fracassos, ironicamente. Por tempos acreditei que meu novo modo de contemplar a vida era essencial e que com ele jamais teria de me decepcionar novamente comigo mesmo. Porém, hoje creio que o que por tantos anos sentia era na verdade medo.

No entanto, a vontade de ser exato e perfeito, precipitando todas as minhas ações, fez-me passar por situações embaraçosas e um tanto quanto incomuns. Passei a viajar calculando quantas vezes meus calcanhares tocavam o chão. Não dei um passo sequer sem antes ter antecipado meu movimento. Com isso, cheguei à magnífica conclusão de que respiro cerca de 86.500 vezes durante um dia. Ideias como essas eram o que me mantinham vivo.

A trágica morte de Kirsten mudou-me para sempre. Foi aquele que me instruiu a deixar as ideias aflorarem, sem, contudo, fazer das ideias um porto para me resguardar. Ensinou-me sobre a bravura dos homens, apesar de seus alarmes infantis. Lembrei que jamais deixou de realçar a altivez de ser grande, assim como a pequenez de não ser coisa nenhuma. Contestava com os dedos, apreciava com as mãos. Aplicou à sua vida, e à nossa, diversas filosofias. Mostrou-me como sobreviver em um mundo mal intencionado, a vencer as dificuldades do dia a dia de cabeça erguida. Era homem de olhar duro, mas de canseira presunçosa.

Kirsten, enquanto viveu, era completamente contrário a essa ideia que agora eu tomava como minha nova filosofia de vida. Deixava as coisas acontecerem, mantendo sob controle tão somente aquilo que era realmente necessário. Enquanto vivia no deserto, ensinou-nos diversas metodologias, práticas e ciências. Mais do que isso, compôs nosso caráter. Minha decisão era contrária às ideias daquele que certo dia me doutrinou as virtudes da vida. Aquele que dizia: "Sopre! Vamos, sopre! Se gastares todas as suas forças, certamente movimentará essa pedra!".

Nem mesmo a lembrança de seus ensinamentos foi capaz de me fazer desistir de ir em busca de perfeição. Eu saí da Inglaterra e viajei alguns anos, sem destino. Construí, já cansado de perambular sozinho pelo mundo, esta casa. Fui levando a vida como qualquer cidadão comum da época. Aos poucos, a dor pela morte trágica de meu amigo foi se acalmando. As lembranças que possuía me machucavam cada vez menos. Foi estando aqui, que certo dia chegou a minhas mãos, alguns anos depois de Fritz ir-se sem dar-me explicações, uma notícia acerca de meu nobre amigo.

Lembro que era uma manhã comum, ensolarada. Regava algumas flores; tinha tal costume, mas naquele dia pus fim a ele. Apareceu no horizonte um homem que não podia reconhecer. Fiquei à espera que se aproximasse, para que pudesse ver quem era. Já não enxergava tão bem, devido ao esforço máximo que havia sido exposto desde muito cedo. Acredito que vim ao mundo já com muitos problemas, alguns dos quais carreguei por toda a vida.

Demorou cerca de quinze minutos para o homem chegar próximo de mim. Andava devagar, como quem tem algum problema físico. Esses poucos minutos pareceram um século, tamanha era a curiosidade que tomava conta de meu ser. Percebi que era um moço jovem, vigoroso, muito forte. Tinha vasta cabeleira, olhar firme e dentes perfeitos. Seu sorriso parecia sincero, e trazia em suas mãos o que parecia ser uma carta.

— É Friederich Estrotoratch? — perguntou-me, pondo-se rapidamente a sentar, demonstrando que andar era um esforço já quase acima de suas forças, algo que me parecia bastante contraditório.

— O único — respondi.

— Pois então tenho uma carta para o senhor...

Aquele jovem moço ofegava, enquanto massageava sua perna direita. Tirou de sua bolsa um pequeno recipiente, que continha algum tipo de óleo. Passava em toda a perna, desde as coxas até os pés. Pensei em questionar-lhe qual era o problema, mas a curiosidade de saber quem me enviava a carta era maior.

— E de quem é? — questionei.

— *Johan Fritz, Blédow.* É o que diz o envelope.

Tomei-o de suas mãos. Após alguns instantes, guardou o óleo e, com um esforço máximo, pareceu esperar que o auxiliasse. Vendo que eu estava demasiado entretido com a leitura da carta, pôs-se de pé com dificuldade, regressando pelo mesmo caminho percorrido até ali. Jamais o vi novamente, nem fiz questão de perguntar seu nome. Até hoje penso que deveria ao menos ter-lhe convidado para tomar um copo de mel, meu alimento favorito. Rasguei o envelope sem nenhuma hesitação. Seu conteúdo chocou-me.

Neste momento, Estro levantou-se de seu banco de madeira e correu até uma pequena bolsa em que guardava alguns papéis. Tomou em sua mão dois pedaços de papel, já bastante maltratados pelo tempo e começou a ler um deles para Saymon.

"Caro amigo Estrotoratch, ou melhor, sem as regalias do mundo civilizado, já que sabe que não incumbo a ele: caro Estro. Venho, por meio destas palavras, informá-lo sobre as razões pelas quais te deixei naquele fatídico dia, o último em sua presença. O dia mais triste da minha vida, tenho de dizer. Somente a lembrança do ocorrido me faz sentir raiva da criatura responsável por tanto sofrimento e dor. Tal recordação é como alguém que lhe avisa que te dará uma paulada na nuca. Detém o conhecimento do que te espera, mas isso não fará com que não sinta a dor, a menos que se esquive de tal golpe.

Não será possível se esquivar dessa pancada, visto que o golpe já foi dado, porém em outro. Jazeu naquele dia, em meio à gramínea alta, alguém que muito te ajudou. Aquele mesmo que te amparou na fuga anos atrás, daquela embarcação. Já me contou como se deu tal evasão e como esse benfeitor o trouxe até esse deserto onde nos conhecemos.

Está hoje, junto ao solo, Kirsten, como bem sabe, tendo presenciado sua morte comigo. Ainda me recordo das manhãs em que Kirsten nos instruía. Demonstrava o porquê do questionamento e repetia inúmeras vezes: "Olhem pelas fendas, mas notem todo o redor". Aprendemos a resistir em meio ao deserto, nos alimentando de nosso trabalho e conhecimento. Ensinou-nos a nadar, sem nunca termos visto um rio. Soube criar as dúvidas, que mais tarde fizeram de nós os desconhecedores, deixando-nos claro que os desconhecedores são quem buscam as informações.

Fico perturbado por ter lhe deixado daquela maneira, porém sei que compreenderá minhas razões. Saí em busca de Rhazt e Dirck, aqueles malditos, culpados pela morte de nosso mestre. Aquiete-se onde está, pois o farei pagar."

Ao fim de sua leitura, entregou a carta a Saymon, que, ao deparar-se com o papel em suas mãos, olhou-o assustado; pareceu chocado com o conteúdo da carta. Friederich não compreendeu muito bem sua reação. Assim que percebeu o fim da leitura de Saymon, continuou seus relatos.

Lembro-me do dia em que recebi esta carta, misturando minhas emoções passadas com as atuais. A cena de Kirsten indo ao chão ainda com a pistola em suas mãos misturava-se com a de Rhazt chegando ao deserto e pedindo que Kirsten fosse seu mestre. Esta carta fez-me compreender o abandono de Fritz, e pensei imediatamente em ir e auxiliá-lo em sua missão. No entanto, após pensar de maneira menos emocional, cheguei à conclusão de que seria inútil lançar-me numa empreitada tão arriscada, sem nem saber para onde dirigir-me. Decidi então continuar onde estava, tendo certeza de que Fritz me escreveria novamente, caso não fosse assassinado por Dirck e Montonho.

Pouco tempo depois, recebi esta outra carta. Farei a leitura e posteriormente lhe disponho para que passe seus olhos diante de tais palavras:

"Não deparo, por mais que procure, modo correto de iniciar uma conversa com sua pessoa e para informá-lo dos últimos acontecimentos. Há algum tempo, enviei-lhe uma carta, explanando, da maneira mais sincera possível, as razões pelas quais o abandonei naquele inesquecível dia. Fiquei muito triste com o fenecimento de Kirsten e ainda mais por saber que a atrocidade vestiu o coração de Rhazt. Como bem disse na epístola, havia razões para acreditar que a morte de nosso mestre fora culpa, em grande parte, de tal besta. Pôs fim ao homem mais sábio que já conheci. Aquele que lançou sua semente em nossas reflexões e a instruiu com a certeza de um dia abafarmos a bestialidade natural humana e evoluirmos para a peça racional de nossa espécie.

Pela memória de nosso mestre, encetei uma busca desenfreada contra Rhazt, logo após deixá-lo. Busquei subsídios sobre seu paradeiro e descobri que se encontrava na China, cogitando ideias relacionadas à mente humana. Posso adiantar que Montonho era um válido gênio e fez colossais acrescentamentos em tal campo. Sinto-me mal em alguns instantes, por ter desprovido tamanha genialidade da face terrestre.

Viajei por alguns meses, ora montado em camelos, ora em cavalos. Muitas vezes percorri a pé e até peguei carona num casco de tartaruga. Dialoguei com milhares, briguei com centenas, feri dezenas. Temi por minha segurança, lagrimei na solidão de muitas noites, porém, em nenhuma ocasião, consagrei a ideia de ceder. Nos momentos de isolamento e agonia, atrelava minha mente à imagem de Kirsten, seu brado, seu afável coração.

Após ir da água ao bagaço, localizei Montonho. A princípio não me reconheceu, estava em uma gruta, com documentos e livros por todos os cantos. De início lhe abonei um golpe na face, o que fez com que sangrasse. Revidou com um pontapé em minha perna, desarticulando meu osso. Porém, com um empenho sobre-humano, lhe difundi uma dedada no olho, uma paulada na retaguarda e lacei-o pelo pescoço com uma corda. Morreu pela obstrução da traqueia.

Abanquei então fim àquele que tinha tudo para ser um imponente tutor, mas que se envolveu nos vícios humanos. Perdeu-se no orgulho, na inveja, na mentira e, sobretudo, na crueldade. Não compreendo se fiz o bem o extinguindo, porém, mesmo que esteja certo em assim ter procedido, já deixo claro que não paralisarei. Manter-me-ei firme em apagar tais vícios estritamente humanos, para que jamais apresente a obrigação de tirar a vida de um semelhante novamente.

Quanto a Dirck, não o encontrei. Questionei a Rhazt diversas vezes seu paradeiro, mas ele se negou a me dizer. Desse modo, no momento em que lhe envio esta carta, estou à procura do capitão e creio que o encontrarei, mais cedo ou mais tarde. Sabe que será informado caso o encontre. Adeus, meu grandioso amigo! Cuide-se bem!"

— Estrotoratch, encontra-se bem? — perguntou Saymon.

— Sim, tais acontecimentos, por mais trágicos que sejam, já encontraram alento no interior de minha alma. Mas por que me questiona sobre isso?

— Por nada, apenas uma curiosidade. Por favor, continue seu relato!

Saymon demonstrava espanto misturado à preocupação. Friederich não deixou de notar a fisionomia do amigo. Porém, não deu atenção a essa questão e continuou sua história.

A cada cinco anos, regresso até a morada de Fritz, onde tivemos as mais valiosas lições com nosso mestre Kirsten. Passo um dia por lá, então regresso à minha casa. Sempre volto com o peito vazio e a mente cheia de lembranças. Esse sim foi um verdadeiro mestre, homem de escolhas bem determinadas, de pés nutridos ao chão, que não se comovia com um futuro nebuloso e incerto que lhe aguardava. Em uma das últimas ocasiões em que estivemos face a face, enunciou a seguinte passagem, a qual me deu forças para continuar:

"Atenda ao seu redor. Não vigie o que está longe do seu alcance, pois isso não é possível. O que está ao além nada mais é do que uma transparência do que se depara ao rumo de ti e é aqui onde atinará a sua prosperidade. Se puderes alcançar o que aqui te aguarda, jamais carecerá chegar ao que longe se depara."

Desse modo Friederich finalizou, emocionado, a narrativa da morte de seu amigo. Ele compreendeu que Saymon percebeu seu estado emocional e acreditou ser essa a razão pela qual seu amigo lhe perguntara se estava bem. No entanto, percebeu que, depois de apresentar-lhe as cartas, seu olhar se modificou, sua atenção pareceu redobrada diante de tudo o que lhe expunha. Achou tudo muito estranho, porém nada disse.

Capítulo 11

Saymon parecia perturbado. A mudança em seu olhar demonstrava certa incredulidade quanto a tudo o que lhe dissera até então. Por que deixaria de acreditar em Estrotoratch? Talvez algo no conteúdo daquelas cartas o tenha chamado demais a atenção. Até aquele momento, nada de sobrenatural lhe havia contado, diferente do que se iniciaria a partir de agora. Estrotoratch viu-se obrigado a avisar ao amigo que se passaria daquele momento em diante.

— Caro Saymon, até agora, tudo o que lhe expus, por menos comum que seja, não passou de fatos naturais, comuns à vida como a conhecemos. Ainda que minha existência seja marcada por uma série de acontecimentos trágicos, nada do que disse ultrapassa os limites físicos e naturais de nossa existência. No entanto, devo adverti-lo que, a partir deste momento, você ouvirá histórias nas quais talvez não acredite; em certos momentos, pensará que estou tentando enganá-lo ou que fiquei maluco, mas não faça alarde quanto a isso. Apenas ouça-me com atenção e, ao fim de tudo, poderá me dizer o que pensa. É exatamente por isso que pedi que viesse aqui hoje. Preciso saber o que pensa sobre o que me disponho a contar.

— Tudo bem Estrotoratch, ouvirei com atenção.

Era evidente que Saymon já não se sentia tão confortável ouvindo as palavras de seu amigo. O conteúdo daquela carta não lhe saía da cabeça, fazendo-o se perder em meio a pensamentos pouco saudáveis quanto ao estado de seu melhor amigo. No entanto, buscava a todo custo, disfarçar tais pensamentos, deixando que Estrotoratch lhe dissesse tudo o que tinha de dizer, para que depois pudesse ter a certeza que há muito buscava.

Sem saber nada disso, Friederich continuou suas histórias.

A partir do episódio de Rosamund e da morte trágica de meu mestre Kirsten, acontecimentos estranhos começaram a fazer parte de minha rotina. Os dias continuavam a passar, como era de se esperar, porém nada conseguia me satisfazer o espírito. Andava muito aflito e impaciente, ainda pelos perturbadores ocorridos que já lhe relatei. Tentei continuar a fabricação de porcelanas e vidro, como fazíamos Kirsten, Fritz e eu no deserto, porém tal ocupação tão somente me fazia sentir saudades de meus companheiros, de modo que percebi não ser mais capaz de continuar naquela situação.

Por outro lado, o episódio com Rosa abatia-me todos os dias e não deixava de pensar em tudo o que havíamos passado juntos. Mais do que isso, sentia-me desfalecer a cada nascer do sol. Sentia a vida esvair-se de mim, acreditava estar já condenado, sem forças para continuar. Veio-me fortemente a vontade de procurá-la.

No decorrer desses fatos, estive constantemente atormentado por meus próprios pensamentos, por isso obtive pouco ou quase nenhum resultado satisfatório em todas as atitudes que tomei. Viajei de maneira bem mais frequente do que me era comum. Em alguns casos, buscando respostas, em outros apenas pelo prazer que as viagens me proporcionavam. De nada me serviram tão árduas pelejas.

Contudo, em uma noite nada prosaica, jazia em minha aconchegante cama de granito, onde adormecia feito um leão. Tudo isto após um repasto agradável de carne de bode, algo que acontecia um em cada mil dias de minha existência. Acordei sobressaltado e com um turbilhão de planos em minha calibrada mente venturosa e brilhante.

Dispus-me então a viajar, acreditando ser o melhor remédio para meus dias de perturbações. Deveria buscar Rosa. Se a encontrasse, poderíamos nos entender e continuarmos nossa vida juntos. Ainda me era, realmente, relaxante e prazeroso pensar numa vida com Rosa.

Acreditava que aquela seria a única razão para viver, portanto não podia deixar de fazer tudo aquilo. Saí de casa e viajei por tempo que não posso calcular. Foram-se meses ou anos, não saberia lhe dizer. Encontrei-me com novas faces, novos lugares, adquiri novos conhecimentos! Contraí enorme prazer em viajar o mundo em busca de Rosa e acabei encantado com os mistérios que cobrem nosso globo.

Certo dia, estando na Itália, caminhava em uma manhã de céu muito límpido. Pássaros cantavam sobre as árvores, fazendo-me sentir melhor logo no início do dia. Andei por alguns minutos, com passo lento, sem preocupações e evitando qualquer pensamento negativo. Tudo aquilo estava fazendo-me um bem ainda maior do que esperava, parecia-me o mundo um lugar ainda mais belo do que realmente era. Esquecera-me completamente toda a maldade à qual estamos expostos, por culpa única e exclusiva da presença humana.

Aportei, ainda imerso em bons pensamentos, uma pequena aldeia, não muito distante da cidade de Viena, que eu jamais havia visitado. Não lembro o nome, muito menos o que aconteceu com ela. Preciso lhe dizer, Saymon, que, em alguns momentos de minha história, talvez você se perca um pouco, pois alguns fatos misteriosos e inexplicáveis serão relatados hoje. Espero que mantenha a cabeça aberta a ideias que jamais ouviu falar em sua existência.

Era um povoado simples, sem nenhum dos preceitos vulgares encontrados em lugares onde o luxo se esbalda. Seus habitantes eram também muito humildes e atenciosos, vindo dez ou doze deles em minha direção, logo após ter posto meu pé direito sobre o esquerdo na entrada da aldeia. Carregaram-me em suas costas, não deixando com que eu me fatigasse sem necessidade. Sentia-me alguém importante e não encontrava outro motivo para tudo aquilo que não fosse simplesmente um gesto de hospitalidade por parte dos aldeões.

Ora! Quem me dera que, ao menos dessa vez, estivesse eu correto em meus preceitos! O que pensei ser hospitalidade na verdade era apenas um meio de me enganar enquanto preparavam um enorme banquete, no qual seria eu o prato principal! No entanto, deve saber que não descobri suas intenções logo de imediato. Enganaram-me tão bem que fiquei em sua presença por três dias seguidos, sem nem suspeitar de qualquer má intenção daqueles aldeões aparentemente sinceros e de bom coração.

Antes que me viesse à visão suas verdadeiras intenções, trataram-me imensamente bem, como se estivesse em meio à minha própria família. Conheci, ainda no primeiro dia, um jovem, que não poderia ter mais do que 12 anos de idade. Seu nome era Ladislau e dizia-me constantemente ser um excelente caçador. Contava muitas histórias de bravuras, caçadas, situações embaraçosas e engraçadas. Tinha talvez um dom para relatar aventuras, porém qualquer um facilmente perceberia que mentia em todas elas.

— Certa vez, abati um lobo com uma pedrada — dizia-me.

— Um lobo? Com uma pedra? Não acredito! — duvidei.

— Pois é verdade. Ainda tenho sua pele em minha casa.

— Mesmo que tenha uma pele de lobo em sua casa, não é uma prova de que quem o matou foi você, muito menos que o abateu com uma simples pedra! — falei.

Pareceu espantado com meu raciocínio, percebendo logo que seria incapaz de me enganar com histórias assim tão simples.

— Não estou mentindo, posso lhe garantir.

— Não tenho tempo para suas fantasias, garoto. Não tem tamanho, nem parece tão ágil para que me faça acreditar nesta história — respondi.

— Digo que o matei, e com uma pedra. E ainda posso voar nessa pele de lobo!

Não pude me conter e comecei a gargalhar ao ouvir aquele absurdo. Lembro-me de ter rolado pelo chão a gargalhar, parando apenas após alguns minutos, com a barriga a doer de tanto rir. Que ideia absurda! Um ser humano poder voar! Ainda mais daquela maneira!

Quando consegui conter minha crise de gargalhadas, o garoto não se encontrava mais em minha presença. Não o vi até o terceiro dia de minha estadia na aldeia, quando de relance percebi que entrava em uma cabana, a qual julguei ser sua casa. Há três dias os habitantes daquela aldeia me tratavam muito bem, deixando-me explorar à vontade toda a região até o limite do povoado. Porém, todas as vezes em que chegava aos seus confins, vinham atrás de mim e carregavam-me até o centro da aldeia. Eu estava sempre sob forte vigília, e aquilo começou a me coçar o espírito.

Numa das minhas caminhadas pela aldeia, subi até o cume de uma encosta, ainda dentro dos limites que me eram permitidos. Tinha seus muitos metros de altitude, e de lá pude assistir um lagarto que corria flanco abaixo. Sua pele cintilava ao sol, evidenciando algo que me avocou à vigilância. O que seria aquilo? Com adequado grau de argúcia, dispondo-me de esforços sobre-humanos, persegui-o até sua toca, embrenhei no buraco e enlacei o dito lagarto.

No entanto, acabei com mais um problema: não podia sair da toca. Ficara entalado no buraco, com o lagarto em minhas mãos. Jamais saberá o quanto é sufocante e desesperador tal situação. Chorei alto, na expectativa de alguém da aldeia me escutar e socorrer, mas seria uma triste ilusão pensar que alguém poderia me ouvir, estando tão longe.

Não tive escolha, a não ser esperar por um milagre. Fiquei, ao todo, duas horas no buraco. Já começava a faltar-me o ar, quando começou forte chuva. E que benção foram aquelas águas! Com a chuva, a terra amoleceu, e eu, com imensos esforços, escapei de meu apertado cativeiro. Que sensação de liberdade! Quanta alegria senti por me ver livre novamente! Além de tudo, ainda mantinha comigo o lagarto.

Levei-o até à aldeia, acreditando que seria sua carne um bom almoço. Assim que um aldeão viu o animal, tomou-o de mim. Era um animal sagrado para os habitantes daquela região. Questionei a razão para aquela adoração descabida e irracional.

— Acompanhe-me — disse o homem, sujeito muito sujo e mal vestido, o qual não poderia inspirar confiança nem no mais maltrapilho dos homens.

No entanto, eu, em minha inocência usual, resolvi segui-lo. Aquele homem levou-me até uma espécie de altar, no centro da aldeia. Era um local hermeticamente fechado, por onde não se poderia perceber qualquer entrada de luz, senão por um pequeno orifício no alto de uma das paredes do recinto.

O aldeão levou o lagarto em direção ao pequeno feixe de luz, racionalmente projetado de maneira única. Percebi que os lagartos, quando expostos daquela maneira, ficavam magníficos. Logo, retirando desse fato a lógica que nele se aplica, seria ele dotado de algo de extremo valor, cujo brilho desponta ao sol. Aí estava a razão pela qual os habitantes da aldeia consideravam o réptil um animal sagrado.

Cheguei à suposição de que esses animais têm em seu corpo prata, cobre, irídio e ouro! Abaixo de sua pele mais graúda, certamente deveria ser encontrada uma ampla casta de utilitários valiosos, como os citados acima. Portanto, quando o sol açoitava sua pele, o fulgor de tais metais excedia as camadas de pele e se irradiavam para o ambiente externo.

Tais pensamentos figuravam em minha mente. Eu certamente teria me certificado de sua veracidade, caso um fato, muito mais emblemático, não tivesse ocorrido. Aportou a noite do terceiro dia de minha estadia na aldeia. Estava em uma cabana que havia sido designada a mim. Entraram então pela porta três homens vigorosos, sem dúvida os mais fortes da aldeia. Pensei que me colocariam sobre suas costas e me levariam para algum lugar, como tantas vezes haviam já feito desde que ali chegara. No entanto, agarram-me com força e me arrastaram até o centro da aldeia, onde dançavam homens e mulheres ao redor de uma fogueira.

Vi-me logo cercado, como um animal encurralado. Um dos homens empunhou um machado, estando prestes a me matar. Via em seu olhar a sede por sangue, enquanto seus compatriotas dançavam e regozijavam-se com o banquete que imaginavam devorar naquele dia. Eu estava apavorado, confuso e me sentia um idiota ao pensar em como havia sido tão ingênuo.

Em minha mente, vinha a imagem de Ladislau e muitas das histórias que havia me contado dois dias antes. O carrasco que me mataria já havia levantado o machado sobre sua cabeça, prestes a me dar o golpe fatal. Gritei fortemente e, estando desamarrado, apenas cercado por uma dúzia ou duas de homens, coloquei-me a correr, passando pelo círculo de pessoas ao meu redor com facilidade. Naquele momento senti-me feliz por ser extremamente magro, já que tal dote físico me foi essencial para passar tão facilmente pela barreira humana que me impedia a passagem.

No entanto, se era magro o suficiente para escapar da parede humana que me cercava, não era rápido para correr mais do que eles, que lançaram uma busca desenfreada por mim. Estava prestes a ser apanhado, quando me lembrei da cabana onde Ladislau havia entrado e corri até lá, na esperança de que aquele pobre garoto pudesse me ajudar. Que tola esperança minha! Um garoto me auxiliar! Quem cogitaria esta possibilidade?

Arrombei a porta com uma joelhada, que me fez mancar por dias a fio. Não havia ninguém na cabana. Era rústica e simples. Nenhuma vela iluminava o local, mas era possível observar certos detalhes pelo fogo das tochas que meus perseguidores carregavam, mesmo estando todos eles do lado de fora. Havia um local reservado a acender fogueiras, para o preparo de alimentos. Lembro-me de ter perguntado a mim mesmo se, para a janta de Ladislau, a carne humana também estava no cardápio.

Esse pensamento me fez gelar a barriga e perceber o quanto havia sido estúpido. Por que motivo o garoto me ajudaria? Seria muito mais certo que ajudasse aos membros de sua aldeia em minha caça, mas, para minha sorte, me encontrava completamente só. Não havia mobília, somente uma mesa manca figurava num canto quase completamente escuro, onde três copos de barro a "enfeitavam".

Deveria ser o local onde se sentavam para saborear seja lá o que for que preparassem. O único diferencial de toda a casa era uma enorme pele de lobo, deitado ao chão do casebre. Lembrei-me das palavras de Ladislau: "E ainda posso voar nessa pele de lobo!".

Confrontei-me diante da ideia absurda que se passava pela minha mente. Certamente, o desespero da situação começava a me fazer fantasiar ideias absurdas e sem correlação com a realidade. Talvez não acredite em mim, e eu lhe daria total razão para tanto. Não recordo exatamente o que se passou, porém afirmo que algo de sobrenatural aconteceu aquele dia. Desmaiei de medo, ao perceber que meus perseguidores estavam já na entrada da cabana, prestes a me pegar.

Não sei quanto tempo estive desacordado, mas, quando acordei, estava sobre minha cama, em minha casa, em Gotinga. Estava confuso, muito confuso. Mais confuso fiquei ao ver que a pele de lobo de Ladislau estava sob mim. O que havia se passado? Onde estavam meus perseguidores? Como havia chegado até ali? Por que aquela pele de lobo estava comigo? Havia tudo aquilo sido um sonho? Eram algumas das perguntas que me golpeavam a mente, enquanto me levantava em busca de água.

Demorei muito tempo para chegar ao riacho, pois meu joelho doía, o mesmo que usei para arrombar a porta da casa de Ladislau. Até hoje não compreendo o que se passou desde a minha saída para caminhar até o momento em que desmaiei sobre a pele de lobo. Não consegui, principalmente, imaginar como seria possível estar nas proximidades de Viena, na Itália, um dia antes, e agora encontrar-me em minha casa, na Alemanha.

Se pensava em me acalmar ao sair para aquela viagem, me encontrava em uma situação duas vezes mais séria que a anterior. Não entendia ainda como a pele de lobo pertencente a Ladislau estava comigo. Sabia que o que havia se passado não poderia ser simplesmente um sonho, já que havia provas irrefutáveis de que tudo era realidade: tinha comigo a pele, e meu joelho estava machucado.

Após muito penar, cheguei à conclusão da acepção mais óbvia para tudo aquilo e que para você talvez seja motivo de riso, como o foi para mim antes destes acontecimentos: havia eu voado na pele de lobo, enquanto estava desmaiado. Essa ideia, a qual não queria acolher a probabilidade de ser correta, transtornou-me a tal ponto que me atentou a ideia de novamente tentar tal empreitada.

Peguei a pele de lobo e sentei-me sobre ela. Esperei mais de uma hora, e nada havia mudado. Pensei que seria preciso estar em uma exata posição sobre o couro, de modo que a cada dez minutos eu mudava o modo de sentar-me sobre ele. De nada adiantou. Tentei ficar de pé, deitado, sentado, enfim, acredito que testei centenas de posições diferentes no decorrer de doze dias seguidos, sem obter nenhum resultado.

Clareou-me então a mente uma ideia, que me trouxe nova esperança de obter êxito. Tentei dormir sobre a pele de lobo, imaginando que talvez ela apenas voasse enquanto seu "piloto" estivesse dormente. Assim procedi. Tirei um cochilo sobre a pele, no décimo terceiro dia de tentativas. Acordei e nada havia mudado. Estava ainda no mesmo local de antes.

Estava prestes a desistir, quando mais uma ideia me veio à cabeça. Talvez dormir não fosse o suficiente. Talvez fosse necessário desmaiar! Peguei então uma grande pedra. Às quinze horas do dia seguinte, soquei-a em minha cabeça e desmaiei. Não sei por quanto tempo estive desmaiado, porém acredito que adormeci por mais de um dia inteiro. Quando acordei, a situação ainda era a mesma, com a única diferença de que agora tinha enorme galo e tremenda dor de cabeça.

Imaginei então que deveria voltar ao citado povoado. Se ele existisse, estaria comprovado que eu estive lá e que possivelmente Ladislau não havia mentido para mim. Tinha enorme vontade de encontrar-me novamente com Ladislau e forçá-lo a me dizer o que seria preciso para voar daquela maneira. Senti grande pesar por não ter acreditado em suas palavras.

Viajei então por alguns dias até o povoado no inverno. Porém, chegando ao local, deparei-me com nada além de nada. Nenhuma casa, ou sequer vestígio de que alguém um dia ali aportara era perceptível. Fiquei assustadíssimo e muito confuso.

Capítulo 12

— Realmente acredita que tenha voado na pele de lobo? — perguntou Saymon, desconfiado das palavras de Estrotoratch.

— Não sei dizer, Saymon. Antes de chegar à aldeia e perceber que não havia nada naquele local, acreditei fielmente que seria possível. Hoje, no entanto, já não sei.

— Perdoe-me, meu amigo, mas eu sou incapaz de acreditar nisso. Homem algum pode voar, por qualquer meio que seja.

— Talvez tenha razão. Censurei-me muitas vezes por acreditar nessa possibilidade. No entanto, ainda tenho minhas dúvidas. Tudo o que se passou naquele povoado foi muito nítido para mim. Não se tratou apenas de um sonho, disso tenho certeza.

— O que acha que pode ter sido então? — perguntou Saymon, já visivelmente alterado com as palavras de seu amigo.

— Acalme-se, Saymon. Eu avisei que o que lhe relataria sairia um pouco do comum.

— Sairia um pouco do comum? O que me contou é um absurdo. Somente existem duas vertentes para seu relato: ou você estava sonhando ou está mentindo.

— Talvez tenha razão. Talvez eu estivesse sonhando, porém lhe asseguro que não estou mentindo. Tudo o que até agora lhe disse é com extrema franqueza, tenha certeza disso. Ou acredita que me exporia a relatar minhas dores, a qual nenhum homem conhece, simplesmente para regozijar-me com o sentimento de que poderia estar te enganando? Realmente acredita que eu diria que amei uma mulher, que ela me abandonou e que sofri, como talvez você jamais tenha sofrido em sua vida, só para pregar-lhe uma peça? Acredita nisso?

Saymon mantinha-se calado.

— Acha que eu diria que meu mestre, companheiro e amigo se matou, após ver o sangue correndo do pescoço de sua mulher e filhos, e que isso poderia me acarretar qualquer prazer, ao inventar uma mentira desse tipo?

— Não, meu amigo. Perdoe-me. Apenas me exaltei com a ideia de que você acreditasse que poderia ter viajado em uma pele de lobo. Desculpe-me, eu entendo e sinto a sua dor quanto a tudo isso! Fui infeliz no que lhe disse. Por favor, continue com sua história. Prometo não mais duvidar de sua sinceridade quanto a qualquer fato relatado.

Saymon via o olhar de tristeza estampado na face de Friederich. De fato, como um homem poderia inventar tais histórias, tão trágicas e sentir algum prazer em tal mentira? Ele teria de ser um monstro, o que Saymon acreditava que o amigo não era. Após recompor-se, Estro decidiu continuar seu relato.

Três dias após ter regressado do local onde deveria estar o povoado onde tão sobrenatural evento se passara, surgiu-me uma oportunidade de começar um novo negócio, expor-me a um novo ofício. Jamais tinha me dedicado à criação de animais e resolvi colocar mais essa profissão em minha longa lista de afazeres. Iniciei a criação de lebres. Todos os dias subia até alto monte, pouco distante de minha casa e lá as alimentava. Era, acima de tudo, um prazer para mim.

No entanto, já que adentramos no assunto referente a sonhos, acredito que deva contar um que tenho absoluta convicção ter sido realmente produto de meu inconsciente. O desânimo e a angústia me abatiam todos os dias, somente me sentia tranquilo quando adormecia. Resolvi assim tirar um cochilo, exatamente às quinze horas.

Sendo tarde dessas em que a brisa do horizonte se perde em meio às fantasias noturnas, poucos minutos passados, adormeci e sonhei que estava em um castelo, tão típico dos países do ocidente e tão funesto quanto a corcunda de gatos rajados. Em tal sonho, perdi--me em mata densa, escura e completamente inabitada, a não ser por animais carnívoros que não têm afinidade com a presença humana. Rememoro de três ou quatro lágrimas rolarem de meus olhos, talvez por medo, ou por algum cisco que eu acreditava há dias me atormentar.

Caminhando pelos trilhos traçados na mata, encontrei um velho ancião, de barba espessa e grisalha, cabelos longos e mal cuidados, olhos de rã e cabeça de formiga. Não era necessariamente humano, mas tinha traços comuns à maioria da população da época, brotou em mim uma confiança que, em outras ocasiões, certamente não encontraria.

O ancião tinha em seu pescoço um amuleto que mais parecia minha panela da cozinha, com a qual fazia uma deliciosa sopa de coelho. Algumas vezes não dispensava a mistura de boa quantidade de mel. Questionei se me poderia dizer o caminho de volta à minha casa, pois precisava dar de comer às minhas lebres, que corriam risco de morrer por inanição. Até em meus sonhos preocupava-me com elas.

O velho respondeu-me que poderia me dizer o caminho de volta, se pudesse eu desvendar um enigma, chamado de "Segredo Ancestral". Parte de mim sentia a necessidade de saber melhor com quem falava, outra parte queria manter-me o mais longe possível daquela estranha figura. Para parecer educado, pus-me à disposição para desvendar a charada. Ele então me interpelou, com a seguinte dúvida:

— Sabendo da grandiosidade da importância e da importância da grandiosidade, do que serve a palavra, essa mesma que serve, se na boca de um sou tolo, enquanto para outros tolos não tenho boca?

Tive de pensar por alguns minutos para tentar achar resposta para a charada. Era um tanto quanto confusa e até certo ponto não parecia fazer qualquer sentido para mim. Minha cabeça chegou a doer, tamanho era meu esforço em tentar encontrar uma resposta satisfatória. Temia pela vida de meus queridos animais que, mesmo com poucos dias em minha companhia, já haviam criado em mim um intenso sentimento de compaixão. Sem dúvida, esse sentimento era recíproco.

Após algum tempo, cocei a nuca e fiz-lhe sinal de que estava preparado para responder.

— A importância da grandiosidade não é algo certo, pois a palavra não serve, mas outros sim dela são servos. Se, para alguém, tolo sou, servo é este da palavra de outros, não sendo, portanto, sua tolice de sua boca.

O homem olhava-me apreensivo, analisando o que eu acabara de dizer. Ele aceitou minha resposta, mas não me disse que eu estava correto. Simplesmente balançou a cabeça, como um sinal afirmativo e mandou que o seguisse. Caminhamos por horas a fio, enfrentando mata densa, em muitos pontos cortada por enormes rios. Quando encontrávamos com as águas, o ancião segurava-me pela roupa e carregava-me pelos ares, voando até a outra margem. Contemplava eu então uma paisagem magnífica, simplesmente espetacular. Aguçava-me a fantasia algum dia poder fazer como aquele ancião e viajar pelos ares. Recordei-me por um instante de Ladislau.

Passadas algumas horas e alguns quilômetros, parou inesperadamente e mostrou-me o caminho para casa, sem, contudo, matar minha curiosidade quanto à veracidade de minha resposta para sua charada. Apontava-me uma imensa porta de pedra, que me dissera ser o caminho de volta para minha morada. Sem mais delongas, adentrei pela porta. Não foi necessário muito tempo para descobrir que o velho me enganara.

Atravessei o que parecia ser uma gruta tão escura quanto meus olhos e extremamente espaçosa, como jamais havia visto formação natural alguma em minha vida. Não podia enxergar um palmo à minha frente e não demorou muito para que eu desse de cara com uma parede. Aquela gruta não tinha saída. Tentei retroceder e encontrar novamente a porta de pedra, mas o caminho pelo qual havia passado parecia obstruído por algum objeto, de modo que não pude voltar.

Estava em uma situação difícil, não sabia o que fazer. Gritei até minha voz acabar e não obtive nenhuma resposta. Entrei em desespero, começando a dar voltas repetidas, acompanhando um círculo imaginário em meio à escuridão. De repente, abriu-se à minha frente uma fenda e caí de uma altura que não pude calcular. Estava prestes a alcançar o chão com velocidade inimaginável e comecei a chorar.

Quando podia sentir a poeira do chão com o qual estava prestes a chocar-me, despertei. Estava encharcado de suor e assustado. Encontrava-me com pensamentos longínquos, já completamente acordado, quando fui interrompido por sons característicos de passos. Alguns minutos depois, alguém bateu à minha porta. Calcei minhas botas apressado e corri para descobrir quem vinha me visitar. É necessário comentar que eu sempre odiei qualquer visita. O que me apressava em abrir a porta era a curiosidade.

Retirei todo o entulho que me impedia de abrir a porta, sendo então capaz de ver quem me atormentava. Era um homem baixo e de nariz redondo, muito estranho. Usava roupas sujas, um gorro vermelho, talvez fosse judeu. Pediu-me um pouco de tempo e uma de minhas porcelanas, deixando-me constrangido por sua ousadia e falta de bom senso. Acreditei que alguém lhe tinha informado sobre minhas habilidades como artesão e que por isso vinha até meu encontro, para ver meu trabalho. Convidei-o para entrar, e ele aceitou de bom grado.

— Do que se trata senhor? — interpelei-o.

Manteve-se em silêncio, sem dizer-me nada.

— Tens algum nome? — perguntei.

Nada respondia. Comecei a sentir um forte receio de tratar-se de um ladrão.

— Ou responde-me, ou será expulso imediatamente de minha casa! — disse.

— Acompanhe-me com o olhar, Friederich, e quem sabe também me acompanhe de corpo e alma! — respondeu finalmente.

Dirigiu-se até a porta de minha casa e alçou voo. Pude acompanhá-lo pela vista até certo ponto. Depois disso, sumiu pelo céu sem deixar nenhum rastro.

Aqui se pode perceber o motivo pelo qual não desacredito ter voado de Viena até minha casa, em Gotinga. Vi, e dessa vez tenho absoluta convicção, um homem voar, na minha frente. Fiquei confuso. Fechei a porta o mais rápido possível, com medo de que aquele homem, se é que assim poderia ser chamado, voltasse e tentasse me fazer algum mal. Cocei fortemente os olhos, esperando que ainda estivesse sonhando e que aquele homem jamais tivesse verdadeiramente me visitado.

Porém, logo percebi que não poderia ser um sonho. Tudo era muito real, com exceção de que me sentia muito sonolento e por vezes enxergava um pouco embaçado. Pensei que poderia tratar-se de algum anjo, algum ser maior do que os homens. Lembrei-me do ancião, que pouco tempo antes havia encontrado em meu sonho, e fiquei na dúvida se aquele homem e o velho poderiam ser a mesma pessoa.

Não sabia o que fazer. Sentei-me sobre a rocha que me servia de assento e comecei a raciocinar sobre muitos temas, enquanto ideias e mais ideias me combatiam a consciência. Por fim, tratei de tentar desvendar este mistério. Meti-me debaixo das cobertas, sem nem tirar as botas que calçava. Fechei meus olhos. Imaginei que, se aquilo fosse um sonho, deitando-me, não poderia adormecer, porque em tese já estaria dormindo. Fechei meus olhos, e passou em minha cabeça a figura do ancião. Em alguns momentos, parecia estar adormecido, mas não sabia diferenciar o que era imaginação do que poderia talvez ser um sonho. Não conseguia saber se adormecia ou imaginava!

Levantei-me frustrado, um pouco mais calmo, mas ainda assim muito confuso. Resolvi sair de casa e fui dar de comer às minhas lebres. Regressei, ainda fortemente apreensivo. Passei o resto do dia nessas condições, sempre observando a porta, com medo que aquele ser regressasse e tentasse me fazer qualquer mal. Por duas ou três vezes, julguei-me perdido, ao ouvir algum barulho de passos e galhos se quebrando. Não sabia se era alguém que ali fora se encontrava, se era algum animal ou qualquer coisa mais, pois o medo não me deixou tirar minha dúvida.

Capítulo 13

Saymon continuava sem compreender o que se passava com seu amigo. Seria Friederich um louco? Tal questão ia e vinha em sua mente, à medida que Estro lhe relatava histórias tão fantasiosas. Porém, o que ele não sabia é que aquele era apenas o começo de tudo o que seu amigo tinha a lhe dizer. Não sabia que a ideia de Friederich ser louco ainda lhe passaria muitas vezes pela cabeça, no decorrer do relato.

Friederich não percebia as dúvidas que se passavam pela cabeça de Saymon. Até porque o jovem não as deixava transparecer. Se achava que Estro era maluco, este jamais chegaria a saber, a menos que o próprio Saymon lhe dissesse. Falou ao amigo que não mais duvidaria dele e honrou sua palavra. Ainda que achasse tudo aquilo muito estranho e inúmeras inquietações tomassem conta de seu ser, mantinha-se mudo e atento.

Friederich, não querendo perder o ritmo da conversa, e percebendo que o tempo passava rápido e o dia já quase em seu inevitável fim, resolveu continuar com sua história.

— Saymon, chego agora a um ponto da minha história extremamente difícil de relatar. É doloroso falar sobre alguém cuja importância supera o poder das palavras. Alguns seres não podem ser esquecidos. Não podem morrer, pois a saudade nunca deixará que desses nos esqueçamos. Conheci pessoas que fizeram da vida verdadeira felicidade, pessoas que, não se contentando com a alegria que poderiam sentir, resolveram fazer felizes muitos outros. Verdadeiramente, para tudo há um fim, menos para a saudade. E da saudade brota a tristeza.

Não encontraria maneira de vencer esse sentimento, se para remédio não houvesse a alegria que esses mesmos me deixaram. Hoje luto palmo a palmo. Tento barrar mais uma lágrima que escorre pelo rosto e nessa batalha não utilizo mais do que lembranças, que manterão esses heróis vivos, enquanto algum humano ainda pisar nesse chão.

Tenho imortalizadas as risadas, as frases e os sorrisos. Não saberia descrever o quanto sou agradecido por ter sido privilegiado, por tantas amizades verdadeiras. Hoje meu coração está quebrado e não posso mostrar um sorriso como muitas vezes fiz. Porém, quando a emoção e a tristeza baixarem, sempre terei um filme em minha memória, que me fará sorrir e esquecer que o mundo ainda é um lugar hostil.

Suas lições foram tomadas e fazem parte de mim. Foi-se mais alguém, entre os muitos que farão falta. Não consigo esconder minha aflição. Na verdade, nem tenho porque escondê-la. Amanhã o sol ainda aparecerá, e a vida continuará seu rumo. Porém, para trás ficou uma parte de mim. Um vazio ficará em minha vida, e tentarei enganar meu coração, com as memórias que ficaram. No fundo, todos sabem que não podem enganar a si mesmos. Quem sabe um sorriso disfarce a dor, como fez por tantos anos.

Há muito abri meus olhos ao mundo, mas nem com todos assim se sucedeu. Ainda como cegos veem e como cegos julgam. Não veem suas vestes rasgadas, não procuram outras formas de percepção, senão aquela que aponta diretamente para seu ego. Assim o mundo parece monótono, frio, sem sentido. Eu procurei mudar isso. Procurei mostrar ao mundo que nem tudo está perdido, ainda há razões para se crer nas mudanças, nas revoluções que culminam na felicidade, e não somente na tristeza.

Conto-lhe agora o que houve com meu maior amigo. Por favor, já de início peço que não me julgue, não antes de eu terminar meu relato. Não se assuste, como outros fariam em seu lugar. O homem deste tempo é um ser complicado. Jamais o homem se locomoveu tão devagar em seus conhecimentos. Há ainda aquele que, quando pensa que andou, não saiu do lugar, mas, quando parou, não chegou a lugar nenhum. Por vezes, questiono-me se seria talvez exagero dizer que a perda dessa capacidade de chegar a resoluções é mais visível que nosso entendimento.

A questão é que muitos são os que já se foram. Os que dentre os caprichos do destino abstraíram suas almas de seus corpos. A pensar nisso, imediatamente lembro-me de Johan Fritz, homem orgulhoso, que pela água encontrou seu fim. Ele é a amostra viva de que as criaturas podem viver sem a saturação da abastança e da fartura. Basta ser sólido, líquido e gasoso, em iguais proporções. Tire a casca, tenha a essência.

Era o ano de 1461. Habitava na Polônia, montando morada no deserto Blédow, mesmo ambiente que, anos antes, eu havia padecido com a sede e a fome. Esse mesmo problema varria a Europa, dentre muitos outros que pareciam não ter um fim próximo. Os campos não produziam suficientemente para todos, apesar de um leve aumento já ser visível. Pior foi quando uma seca nos abordou. Vivendo ele muitos anos à base de cisco e poeira, antes de encontrá-lo, não sentia mensurável seca, de modo que com prosperidade levava uma vida amena, sem reclamações. Jamais se abateria com tão pequena dádiva da natureza, modo esse o qual se referia a tão grande escassez de mantimentos.

Foi um gargalo fino, com abertura rotunda que pôs fim à sua miserável existência. Logo compreenderá o porquê. É esse um arrependimento que levarei para o caixão, caso faça uso deste. Talvez deva dizer que morreu por minha culpa, já que fui eu quem lhe entreguei o último objeto ao qual colocou suas frágeis e ressecadas mãos. Fui eu quem, por desmazelo e falta de raciocínio lógico, coloquei sobre seu poder aquele gargalo mortífero, que pouco depois despedacei, enquanto corroía a alma com arrependimento e, sobretudo, com dor. Espero que entenda o objetivo pelo qual me refiro a tal objeto e espero que perceba o motivo de me desesperar todas as tardes quando acordo, de muitas vezes falar sozinho sem perceber o motivo pelo qual lhe conto esta história.

A verdade é que, após ter-me enviado as duas cartas cujo conteúdo já conheces, mantive-me entretido aqui, vivendo uma vida isolada e completamente amargurada. Os acontecimentos que já lhe relatei me sobrevinham à memória todas as noites antes de dormir e todas as manhãs após meu despertar. Nesse estado conturbado de espírito, tentei manter-me o mais sadio possível, tanto espiritual quanto fisicamente.

Certo dia, desesperado e arrependido, recebi notícias de meu grande amigo Johan, por intermédio de um mercador que, vez ou outra, passava em minha casa, em busca de porcelana, ou para negociar algumas de minhas lebres. Seu nome era Enrique Castro e, durante muito tempo, foi a única pessoa com quem tive qualquer contato. Era para mim um amigo, e eu muito o considerava, apesar de, às vezes, não sentir reciprocidade em tudo isso.

Naquele dia, Enrique disse-me que se encontrara com certo rapaz, em Roma. Tendo se apresentado numa taverna local, iniciou certa bebedeira junto ao garoto. Em meio às conversas jogadas fora, o garoto disse que se chamava Fritz, que era agora mercador e que buscava regressar ao encontro de um amigo, de nome Friederich Estrotoratch.

Ora, Castro conhecia-me muito bem e disse a Fritz que não somente sabia quem eu era, mas que também vinha em minha direção, na expectativa de negociar porcelanas e outras coisas mais. Fritz se alegrou muito com tal notícia e pediu ao mercador que me informasse que Johan Fritz em breve viria até meu encontro, após terminar aquilo que havia começado. Disse que eu entenderia do que se tratava. De fato, compreendi exatamente o que Johan queria dizer. Trataria de encontrar Dirck, finalizando o trabalho de vingança.

Por seis meses, aguardei que aportasse em minha casa. Não apareceu. Durante todo esse tempo, nada soube de meu amigo. No entanto, certo dia Enrique Castro passou novamente em minha casa e disse-me que acabara de encontrar-se com Johan, dessa vez não em Roma, mas na Polônia, no deserto Blédow. Não pensei duas vezes. A ideia de rever meu amigo e encontrar-me novamente em sua companhia fez-me largar todos meus afazeres e partir imediatamente para nossa antiga morada.

Ouviam-se rumores da impressão da primeira Bíblia. Também se estipulava a eleição do Papa Calisto III, o próprio que, pouco tempo depois, me perseguiu por motivos diversos, que contrariavam os dogmas da Igreja. Jamais foi minha intenção contrariar ninguém, apenas queria dar meu parecer sobre o que pensava do mundo, mas isso sempre foi mais do que o bastante para iniciar-se uma perseguição contra um homem. É por essas e outras que afirmo a decadência humana.

Abordei com vida a morada de meu amigo. Foi uma viagem longa e perigosa. No entanto, sendo eu ainda jovem, não me preocupei tanto. Alguns dias a caminhar jamais seriam um verdadeiro problema para mim, que convivia já com outros tantos mais graves. Após um mês de viagem, já que nos distanciávamos quase mil quilômetros, deparei-me com a casa de Fritz, estava muitíssimo cansado. Havia percorrido uma média de trinta quilômetros por dia. É bem verdade que poderia andar muito mais, no entanto sempre procurei evitar fadigas desnecessárias, a não ser que tivessem um motivo especial para mim.

Sua morada era uma choça de madeira, que eu mesmo ajudara a construir quando ainda convivia em sua presença; e fizemos muito bem, trazendo madeira de lugares muito distantes. Porém, naquela época de minha visita, a casa já estava caindo aos pedaços. Johan jamais foi homem que se importasse em consertar as coisas. Construía e deixava que se acabassem. Pouco se importava com a opinião das escassas pessoas que por ali passavam e não acreditavam que um ser humano ali poderia residir. Dessa vez, no entanto, dei um desconto ao meu nobre amigo, já que estivera, até onde eu sabia, há muito tempo longe de sua morada.

Chamei por seu nome, mas não respondeu aos chamados e gritos que pronunciava em direção a seu edifício. Achei estranho tal fato, o que me forçou a adentrar em sua casa sem consentimento. Encontrei-o deitado no chão seco. Por alguns instantes, acreditei que estava morto.

Assustou-se de imediato com minha presença e me abonou um golpe na face, que me fez perder um dente. Foi o primeiro de muitos.

— Meu amigo Estrotoratch, há quanto tempo! Perdoe-me! — disse com um olhar sincero, franzindo a testa a cada palavra que lhe escapava dos lábios.

— Tudo bem, meu amigo, não se preocupe com isso — respondi.

— Por que entrou dessa maneira em minha casa? Julguei ser algum estranho que queria me fazer mal!

— Chamei, mas não me respondeu — expliquei.

— Estava descansando. Tenho passado por dias difíceis, que me deixaram verdadeiramente exausto! — falou sorrindo, enquanto batia suas roupas para tirar a areia que estava impregnada.

Jamais soube com exatidão o que se passara com meu amigo, mas não tenho dúvida de que se tratava de fatos extraordinários. Era muitíssimo inteligente e educado, tanto é que logo me ofereceu um bocado de insetos assados, uma guloseima para quem resistia de cisco e poeira. Convoquei-o para ir comigo até minha habitação, em Gotinga, para lá debatermos com calma todos os assuntos relacionados ao tempo em que estivera fora e o que acontecera com Dirck e seus capangas.

— Meu amigo Fritz, venha comigo até minha casa. Vejo que, acima de tudo, não está seguro aqui. Sua casa cai aos pedaços! Por que motivo não faz alguns reparos, evitando que qualquer dia acabe morrendo e enterrado sob seus destroços?

— Ora, se fosse gastar meu escasso tempo reparando o que um dia com certeza há de se acabar, seria muitíssimo mais proveitoso construir outra casa, que duraria uma década ou duas a mais que os reparos feitos nesta!

— Tens razão! Mais uma vez, me surpreende com sua astúcia, nobre amigo. Porém, não vim até aqui para adverti-lo sobre os perigos da morte! Desejo perguntar certas coisas. Além disso, temo que eu possa estar sendo perseguido ou algo do tipo, pois estranhos acontecimentos têm-se passado comigo nos últimos meses. Alguns dos quais talvez você pense que eu esteja inventando ou que eu tenha ficado maluco!

Pensou muito em minha proposta. Parecia que algo o incomodava na ideia de partir comigo. Creio que Fritz sentia que algo de ruim estaria para acontecer. No entanto, após algum tempo a raciocinar, aceitou minha sugestão e disse algo que me fez duvidar de toda sua nobreza como homem, mas que felizmente logo foi resolvido, não tendo passado de um pequeno desentendimento.

— Tudo bem, meu amigo. Passarei algum tempo com você. Sua presença muito me agrada, sabe bem disso! Porém, há algo que não compreendo. Há quanto tempo está sendo perseguido? — perguntou-me com um olhar sereno.

— Aproximadamente um mês.

— E quantas vezes já se sentiu perseguido, dessa forma?

— Rememoro-me de ser a primeira vez, após o ocorrido com Rosamund, o qual já conhece — respondi sem muito hesitar.

O semblante de Fritz mudou completamente. Lançou-me um olhar desesperador.

— Peço desculpas pelo que lhe direi, mas acho que você está ficando maluco, caro amigo. Há dois anos, não muito antes de desprover-me de sua companhia, logo após termos descoberto o trágico fim dado a sua família, você me disse que se sentia perseguido. E não se referia aos senhores da aldeia de Rosa. Apesar da minha memória falha, lembro-me muito bem desse fato, sobretudo pelo medo imensurável que senti nos três dias posteriores. Não pretendo culpá-lo, mas peço que vigie melhor suas ações, meu amigo.

Naquele momento entendi que Fritz estava fora de si. É provável que tenha tido uma experiência conhecida como *deja vù* e tenha a confundido com a realidade. Apesar de ter me enfurecido por pensar que eu estava maluco, tive a paciência de acalmá-lo e convencê-lo de que estava enganado. Eu, absolutamente, não me recordava de nada do que me dizia.

Estranhei também o fato de ter acrescentado que, somente dentro de dois dias, poderia partir, precisando eu ganhar tempo, largando na frente. Jamais soube o motivo para aquilo, nem mesmo questionei o fato. Fritz parecia mudado, dizia coisas que não faziam sentido para mim. Não passei com ele mais do que alguns poucos minutos e segui sua recomendação.

Arrependo-me também de não ter passado pelo menos algumas horas em sua casa, apesar do medo de acabar engolido por aquela estrutura, que balançava com a mais leve brisa. Foi a última vez que estive nela. Nem mesmo um abraço fui capaz de lhe dar, mesmo com anos sem vê-lo! Pus-me rapidamente em marcha, para retroceder até minha morada, deixando combinado que Fritz viria logo atrás de mim.

Minha volta foi simples e rápida. Porém, meu amigo chegou após cinco semanas, quase extenuado. Nunca fui capaz de desvendar o motivo de seu atraso. Foi esse um segredo que levou para o túmulo. Tenho certeza que poderia vencer a distância em apenas quinze dias, quando muito, já que era extremamente veloz e saudável. Como podia ser assim, passando por tantas dificuldades e vivendo em um deserto? Jamais saberei responder.

A questão é que, ao chegar, mal me cumprimentou, apenas pediu-me encarecidamente que lhe dispusesse um pouco de água. Estava sequioso, mal podia falar. Parecia ter corrido vários quilômetros, estava realmente muito cansado. Uma simples viagem não seria suficiente para cansar alguém como ele, fazendo com que quase morresse de sede! Pelo menos não a Johan, que, além de bruto e resistente, estava acostumado com a falta de água, já que residia em pleno deserto.

Peguei minha bilha, que continha abertura redonda em seu gargalo. Triste pedido daquele miserável ser! Triste decisão minha, de lhe confiar aquela garrafa! Morreu afogado, sem pestanejar, como era de seu costume. Nada disse, apenas fechou seus olhos e se foi, deixando em mim a maior dor que já senti.

Entrei imediatamente em desespero quando o vi cair. Tentei ainda reanimá-lo, mas foram inúteis todas as minhas tentativas. Como fiquei mal! Como me culpei por ter-lhe dado aquela garrafa com água! Não compreendia como podia ter falecido assim, sem nada dizer, sem um grito, sem nem ao menos um forte suspiro!

Ainda se vão inúmeras noites em que me recordo de sua chegada, e poucos minutos depois, de sua morte. Mantivemos uma juventude abstrusa e uma amizade vagarosa. Sinto aflição, ódio e remorso. Um vazio que não me cabe no peito. Ainda ouço sua gargalhada fúnebre, vejo seu olhar inquieto. Induzi seu cadáver para onde sempre quis estar, onde sempre esteve. Levei-o até sua morada. Somente lá percebi algo que hoje ainda me é estranho. Possuía pequeno corte sobre o braço direito, ligeiramente fundo.

Não pude deixar de acreditar que alguém o havia tentado matar e que, tendo escapado de seu perseguidor, foi morrer em meus braços! Estando ferido, não teve forças suficientes para sequer engolir adequadamente a água, que lhe corria pela garganta! Já sem controle perfeito de seus músculos, ofegava e bebia ao mesmo tempo, de modo que a água correu diretamente para os pulmões, em vez do estômago. Naquele momento, nem mesmo conseguia pensar em tudo isso. Tudo o que via e pensava era que meu melhor amigo estava morto e que agora, mais do que nunca, eu estava mais uma vez só, neste tenebroso mundo.

Meu desconsolo era infinito. Perto dele sou um furo de agulha, uma leve brisa que não poderia sequer movimentar sua morada, a qual não pode nunca ter feito outra. Não morreu sob seus destroços, mas ali foi deixado ao ar livre, como sempre quis. Creio que teria ficado feliz, em saber que pude satisfazer sua última vontade.

Foram necessários anos para que voltasse a refletir sobre outros aspectos da vida. A morte de meu amigo causou imenso buraco em meu peito, que não consegui jamais consertar, mesmo depois de muito velho. Pensei em muitas resoluções, mas nenhuma parecia considerável. Só havia para mim uma explicação: Dirck o encontrara e, antes que pudesse vir ao meu encontro, lhe armara uma emboscada, da qual não pôde escapar.

Capítulo 14

Vivemos em um mundo muito desagradável, caro Saymon. Sinto, por vezes, que habito um mundo imoral; não tenho por tentativa perverter os devassos, mas expor o que há de mais desagradável na escassa existência humana. Não demorei muito para perceber a indecência que cobre este globo, escondida atrás de muitos fatos. Ao mesmo tempo em que situações são julgadas como más escolhas, podem sem dúvida ser vistas como simples resultados da natureza humana.

Assim sendo, após a morte de Johan, veio-me à mente a ideia de pesquisar modos de deslizar meu corpo, minha mente e minha alma até Sevilha, terra natal de meu amigo Enrique Castro. Sentia a necessidade de informar-lhe sobre a morte de nosso amigo em comum, até porque Enrique era agora meu único amigo vivo. Antes que se assuste, pensando que empreenderia tal viagem a pé, digo-lhe que possuía um velho cavalo, presente de um cigano por lhe retirar um dente que doía.

Sei que, mesmo no lombo de um animal, tal viagem era demasiado longa, mas isso não me importava. Tinha tempo, só não tinha o que fazer, sobretudo queria muito iniciar uma visita a meu grande amigo Enrique, um dos homens que conheci e percebi não pertencerem a este mundo. Diferentemente de Fritz e eu, jamais obteve qualquer tipo de educação, por isso era um ogro. Sujeito fortemente ligado à resolução de problemas do modo mais violento possível, evitava, a todo custo, soltar qualquer palavra, que não fossem insultos a algo ou alguém.

Mesmo com esse temperamento desde a infância, como me contara, viu sua mãe sendo morta por assaltantes, Enrique conseguia aflorar em mim um estranho sentimento de conforto, bondade e satisfação. Tinha olhos claros, verdes ou azuis. Não sei ao certo, pois jamais reparei direito em seu olhar. Estava quase sempre ocupado, prestando atenção em seus movimentos, na tentativa de garantir ao menos uma possível esquiva de seus golpes, que frequentemente cortavam o ar. Castro irritava-se por motivos banais.

Certa vez, socou-me por experimentar um dos chapéus que trazia consigo para barganha. Dizia que dava azar e que sua existência era azarada demais para que tolerasse isto. Foi ele quem destruiu meu costume de usar qualquer tipo de vestimenta sobre a cabeça. Contudo, dava-me estranho prazer a ideia de ir até sua casa, em Sevilha. Pretendia, a partir daquele momento, fazer isso com certa constância, uma vez a cada dois ou três anos, e pensava que ele se mostraria quase sempre satisfeito. Lá chegando, deparei-me com cães sarnentos e pássaros raros, algo que, até os dias de hoje, me malha a cabeça nas noites de insônia. Talvez fossem alucinações minhas, mas não introduzirei minúcias sobre esse evento.

Após quase intermináveis dias de viagem para mim, golpeei três vezes a porta, que foi aberta. Era um camponês típico de grutas artificiais. Estranhei, ao não ser atendido por Enrique. Aquele que abriu a porta tinha uma face desfigurada, abatida e oblíqua para o lado esquerdo. Usava a mesma vestimenta de um príncipe, fazendo-me questionar a mim mesmo se pertencia ou não à realeza. Descobri mais tarde que somente era rico, assim como Castro.

Não saberia explicar como Enrique saiu da extrema pobreza, para o maior luxo. Sua casa era um palácio, com estátuas enfeitando enorme jardim, onde momentos antes eu pisava. De tudo aquilo, o que mais me espantava, era ver aquele homem horrendo abrir a porta. Como era feio! A princípio, achei que era algum sobrinho disparatado de meu amigo Castro, porém algo me espantou de imediato: estavam juntos como amantes.

— Com quem eu falo? — perguntou o rapaz.

— Com Friederich Estrotoratch, meu bom jovem. Enrique Castro, velho amigo meu, por acaso, se encontra?

— Sim, está em nosso quarto — respondeu-me.

Naquele momento percebi que não se tratava apenas de amizade o que se passava entre Castro e aquele rapaz.

— Entre, por favor — continuou.

Receei, em primeira instância, mas pensei nos esforços e em tantos dias de viagem necessários para chegar até ali, então resolvi entrar. Enorme mesa estava já servida, como se esperassem a minha visita. Vinho, pão, imensa variedade de carnes assadas, tudo disposto com elegância e bom gosto. Os tecidos que cobriam todos os móveis pareciam finíssimos. Talheres figuravam sobre a mesa, para meu espanto e terror ao pensar que talvez tivesse que usá-los. Jamais havia empregado algum deles.

Enrique Castro entrou na enorme sala, onde eu já havia tomado assento, porém nem me cumprimentou. Simplesmente olhou-me frio, como de costume. Para ele já era muito.

— Enrique, acredito que não saiba de algo, que venho até aqui para informá-lo — disse, já quase iniciando o choro, por ter de falar do meu velho amigo Johan.

Ele mantinha-se sem dar atenção às minhas palavras. Não esperaria menos de meu bom amigo Castro.

— Johan Fritz está morto! — falei.

Nenhuma reação. Somente franziu as sobrancelhas. Talvez não tenha me escutado ou fingido que não ouviu. Não se emocionou, nem me disse nenhuma palavra. Sentou-se e iniciou a ceia. Compreendi que deveria acompanhá-lo.

Dezessete nacos de carne bovina devorei em sua mesa de granito. Sem dúvida, tinha ficado imensamente rico, já que se alimentava de animais considerados a força de trabalho da época. Era assombrosamente farto de abastança material. Algo incomum para essa era de pestes e homens preguiçosos.

Como sobremesa, foi-me servido algum tipo de geleia de sabor nada agradável. Talvez fosse alguma iguaria comum àqueles que tivessem os bolsos cheios, mas era horrível. Não reclamei, já que havia aprendido com Fritz a sabedoria do silêncio. Após o repasto, fui convidado a sair para a caça. Era uma atividade que eu não gostava de praticar por dois motivos: primeiro, era demasiado cansativo; segundo, Castro e seu companheiro não precisavam caçar com o objetivo de garantir algo para o jantar. Para mim, a ideia era repugnante, mas não ousaria contrariar meu amigo. Sabia dos riscos de ir contra sua vontade.

Demos quarenta e nove voltas nos logradouros, presentes a vinte por dez quilômetros de sua morada. Nenhum animal, por mais insignificante que fosse, cortou nosso caminho. Percebemos que algo de incomum estava por vir, aparentemente uma tempestade. No entanto, ainda que soubéssemos que viria uma borrasca, continuamos a marchar pelas linhas de fuga, que rasgavam o solo veementemente.

Castro, seu amigo (cujo nome não me encontra a consciência) e eu, por uma obrigação anormal, acabamos por engolir alguns litros de bebida alcoólica, o que nos fez atingir um ponto irreversível de demência e frenesi. Era um vinho muito fermentado, com o qual eu não poderia nunca estar acostumado.

Subi em sua carruagem e recitei: "Canto como cavalos em montanhas de areias e moitas, mas açoito o camelo que me nega a montaria. Não despedaço a túnica de meus infelizes antecessores, apenas olho para o meu mausoléu, onde homens um dia deixarão suas botas em respeito a meu nome".

Confesso ter me precipitado em tal ocasião. Lembro-me somente de ter esfaqueado o amigo de Castro e de ter sido golpeado fortemente na cabeça, por uma marreta. Acordamos os três, no meio-fio, sem entender exatamente o que se passara, cobertos com lama da rua e do acossamento da noite anterior.

Voltamos, então, para o interior de seu casebre. Castro continuava mudo, porém percebi, pela primeira vez em anos, uma lágrima escorrendo em seu rosto. Não saberia dizer se era pelo grave estado de seu companheiro ou pela morte de Fritz. Era, sem dúvida, o melhor momento para retirar-me. Despedi-me de Castro e fui alforriado de sua masmorra. Garanti a mim mesmo nunca mais voltar àquele lugar nefasto e tentador. As pontes em que pisei meus pés caíram como casas caem em dias de dilúvio.

Desgraçadamente, soube algum tempo depois que o suposto caso entre Castro e seu amigo chegou aos ouvidos da Igreja, dois anos após minha benemérita visita. Foram oprimidos, torturados e em seguida queimados, até findar com suas miseráveis vidas. O conhecimento desse fato deixou-me angustiado por algum tempo, pois, apesar de tudo, considerava Castro como um amigo.

Não poderia esperar menos desta era. O século XV certamente será marcado por intensos casos desse gênero, já que nem eu fui poupado da perseguição. Vejo a cada dia que Fritz talvez tenha razão. O silêncio pode ser a maior sabedoria de um homem.

Capítulo 15

Não pude dormir nas noites procedentes. Por muitos dias, julguei estar enlouquecendo, pois não conseguia parar de pensar em tudo o que havia acontecido desde a morte de minha família e de Kirsten. Perturbava-me a ideia de estar só no mundo, sabendo que agora nem um conhecido sequer poderia supor algum dia reencontrar. Tentei muitas vezes retomar meu sono, em vão, por quase uma semana seguida.

O medo e a angústia me sobressaltavam e, não havendo absolutamente nada que pudesse distrair meu espírito, resolvi que toda aquela ociosidade era uma boa oportunidade para reforçar a estrutura de minha porta, que nesse tempo já estava caindo aos pedaços. Estava lá desde o primeiro dia que me assentei sob aquele teto. Teria continuado na mesma situação, se não estivesse tão farto da vagabundagem. Iniciei o serviço; acabara de retirar a porta de seu devido lugar, quando percebi algo que me espantou: começava a perder cabelo.

Jamais me preocupei com minha aparência, deixando a vaidade com aqueles que são dignos dela. Creio, inclusive, que esse sentimento é um dos mais ínfimos encontrados no homem, mas a realidade de que estava ficando mais velho, ou que a preocupação fazia-me perder cabelo, era algo que me sobressaltava. Meu tempo parecia estar acabando, como se o relógio disparasse e eu não tivesse notado. A pressão aumentava sobre minhas costas, fazendo-me reconhecer que precisava agir. Já não poderia mais manter-me ocioso durante tanto tempo, pois começava a afetar minha saúde emocional e física.

Desse modo, concluí que deveria fazer qualquer coisa, por mais boba e desnecessária que fosse. Comecei então a pensar na situação em que vivemos. Relembrava, vez ou outra, alguma lição de meu já falecido mestre. Recordei-me de uma delas: "Tenho absoluta certeza de que, antes do desfecho deste século, uma das mais respeitáveis prestezas humanas terá de ser abolida, ou ao menos alterada. O homem foi capaz de inventar algo admirável, algo que permite obter todo tipo de especiarias, objetos, alimentos, sem a necessidade de dar em permuta disso mais do que alguns gramas de metal. Foi inventado o dinheiro, e, mesmo que algumas práticas de trocas ainda continuem vivas, com o tempo, seriam certamente de todo abolidas.

No entanto, para dar procedência ao uso de dinheiro, é necessário extrair minerais, que não são tão facilmente encontrados. Para cunhar moedas, é preciso, principalmente, ouro e prata, porém não é possível conseguir tais metais do nada. Precisam ser extraídos, e há tempos percebe-se o fim das jazidas minerais. Neste século, já se percebe a queda na comercialização. Os turcos, com a tomada de Constantinopla, fecharam o mediterrâneo oriental, complicando ainda mais a situação.

Com isso, chego à conclusão de que o homem perderá o que lhe foi gasto séculos para apurar: o comércio. Muitos viajantes procuram novas terras de onde confiam retirar metais e novos caminhos para aumentar o fluxo de mercadorias. Não foram escassos os que até mim vieram e pediram meu juízo sobre tal comedimento. Se tal empreitada é viável ou não, somente o futuro nos dirá."

Seria eu um tolo se desacreditasse que estamos todos predestinados a fazer algo. Naquele dia, tive mais uma prova disso, já que, exatamente quando relembrava essas palavras de Kirsten, apareceu certo aventureiro em minha porta naquela manhã.

— Friederich Estrotoratch! É realmente um prazer tê-lo à minha vista! — disse-me um homem corcunda, que possuía uma perna de madeira e um pássaro nas costas. Quase me matou de susto, pois não o conhecia e não poderia saber qual a razão de conhecer-me pelo nome.

— Como ousa entrar desse modo em minha morada, sem ao menos bater à minha porta? — disse-lhe a ponto de precipitar-me sobre ele pelo susto, e mais ainda por ter visto minha careca já tão evidente.

— Perdoe-me, senhor Estrotoratch, porém não encontrei nenhuma porta para bater!

Havia esquecido que retirara minha porta para fazer pequeno conserto e não havia a colocado de volta em seu devido lugar. Precisei, portanto, perdoar aquele homem. Horrendo, por sinal. Usava roupas velhas e fedidas, e em pouco tempo uma imensidão de insetos tomou conta de minha casa. Parecia velho marinheiro, pelo modo rude como agia e falava. Uma bússola banhada à prata pendia em seu pescoço, como um colar. Usava um gorro antigo, uma bota em seus pés e fumava em um enorme cachimbo. Duas ou três vezes soltou baforadas de fumaça em minha cara. Era um velho costume dos homens do mar e, por saber disso, não me zanguei.

— Tudo bem então — falei. — Percebo que tem algo de importante para falar comigo, caso contrário não viria até aqui. Vamos para fora, lá conversaremos melhor. Levei aquele senhor alguns metros longe de minha morada para evitar uma maior infestação em meu querido domicílio.

— O que deseja? — perguntei, tentando desfazer-me logo daquele visitante.

— Pretendo saber sua opinião quanto a uma questão importante. Conheces um sábio chamado Johan Fritz?

Não me contive ao ouvir o nome de meu pobre amigo. Chorei na presença daquele senhor fedido. Vieram-me à memória todos os fatos passados. O homem respeitou minha emoção, mesmo sem entender o motivo. Após alguns instantes, respondi a sua pergunta:

— Sim, o conheci... Por quê?

— Me encontrei com ele tempos atrás para fazer-lhe uma pergunta. Ele não respondeu, mas indicou-me o senhor, descrevendo minuciosamente onde morava e como poderia encontrá-lo.

Fiquei muito curioso para saber por que meu falecido amigo me enviara aquele homem horrendo e malcheiroso. Não poderia ser uma questão sem importância, já que Fritz nunca me faria uma desfeita tão grande.

— E que pergunta é esta? Não faça rodeio, tenho muito que fazer! Diga-me logo!

— Quero saber sua opinião sobre uma longa viagem pelo Oceano Atlântico, em busca de novas terras.

Aquela era uma pergunta difícil de responder. Havia já escutado histórias sobre diversos aventureiros que tentaram tal empreitada e jamais regressaram. Não faltavam exageros, onde homens eram atacados por monstros em pleno mar, criaturas enormes que engoliam os barcos sem deixar sequer um mínimo vestígio. Eram histórias nas quais eu não acreditava, contudo não deixava de opinar que essas viagens eram extremamente perigosas.

— Senhor, acredito que tais viagens sejam perigosas ao extremo, de modo que opino contra sua execução. É bem provável que morra à procura de novas terras, sem jamais obter a certeza sequer de suas existências.

— Então certamente não aceitará o convite de me acompanhar, não é?

— Absolutamente não, caro senhor.

— Mesmo que seja por um nobre motivo? — perguntou.

— Qual motivo?

— Encontrar novas riquezas, jazidas minerais! Ouro! Prata! Senti-me atacado com aquelas palavras!

— Senhor, qual o seu nome? — perguntei.

— Cristian — disse.

Não consegui lembrar-me de seu sobrenome. Poderia ser Durcay, ou algo do tipo.

— Pois, senhor Cristian, espero que vá embora e jamais volte até aqui. Não sou homem que se conduz pela ilusão da riqueza. Vamos, suma! E jamais volte!

Saiu desapontado, ao ver que não poderia me comprar com suas palavras, muito menos com dinheiro. A ele lancei pragas e clamei raios, enquanto se distanciava de minha presença. Procurava fama e fortuna, indo de encontro ao incógnito. Porém, talvez a ele deva desculpas. Abriu-me a mente para uma questão importante, para a qual demorei a encontrar solução convincente, e ainda mais difícil foi executá-la.

Sou talvez um gênio incompreendido e incompreensível. Guardo em mim a fartura da gratidão e bondade, ao passo que minha cabeça é como uma dura rocha. Esses termos marcaram minha história até os dias atuais, recito-as todo anoitecer antes de adormecer e toda manhã após despertar, para não esquecer que devo usar o que sou para manter a prosperidade entre os homens.

Creio que tais palavras não demonstram a pequenez da visão externa sobre mim, mas sim a grandiosidade da alma interna de mim própria. Da ganância sobra o resto. Do resto o ser peca. Do pecado, um dia novo. Todos os dias me indago: onde está minha coragem, se eu mesmo vivo num agir omisso? Por isso, fui a pesquisas, encontrando, não sem muito esforço, uma solução para o problema dos minerais, que, a meu parecer, engloba toda a civilização. Exporei a você, meu grande amigo, o que almejava naquela ocasião.

Disporei de palavras de grosso calibre, que terão futuramente enorme participação na sociedade. Refiro-me a utilizar o que causa extermínio para promover o câmbio, a amizade entre os povos.

A falta de minerais estava e está levando centenas de aventureiros para além-mar. Procuram abastança em metais, para cunharem as caretas de nossos governantes e explorar os que de nada dispõem. Rasgam seus lenços por um mísero grama de suor, gasto pelos servos que das minas extraem o trocado.

O que propus foi a substituição do que mais se almeja pelo que mais se aparta. Sabe-se do alento da natureza. A mim foi destinado ser o maior conhecedor dela. Muitas vezes me coloquei diante ao natural e em todas saí ferido. Não é por brisas que sou caolho, manco e não sei cuspir. Sintetizando: aprendi que se deve arrojar a benefício do que lhe é maior, e não contra. Portanto, proponho a utilização do que se tem em abundância na Terra, e que, ao contrário dos minerais, se encontra nos cernes de nosso planeta. Refiro-me à lava.

Lava endurecida, como moeda de troca entre as nações. Julguei ser completamente viável a utilização do fruto do núcleo da Terra para cunhagem de moedas, visto que já se manifestam em altíssima temperatura, que, de acordo com estudos, podem chegar a 1.000 C°. Sendo a lava muito mais viscosa que a água e muito parecida com alguns metais em fusão, é completamente possível apoderar-se dessa força da natureza em benefício próprio.

Dessa maneira, será possível cortar gastos, não necessitando fundir o material para o estado líquido. Apenas será preciso coletá-lo diretamente dos vulcões e, no mesmo instante, moldado a gosto, depois endurecido em água fria, tornando-se basalto. Com isso, nenhum homem precisaria aventurar-se em águas desconhecidas, atrás de terras misteriosas, sem contar o fato de que nenhum outro ser horrendo bateria em minha porta novamente, quando a colocasse em seu devido lugar. Nem mesmo seria convidado para viagens em busca de riqueza ou procurado sobre meu parecer quanto a tudo isto.

Contudo, só a ideia, por mais absurda que pudesse ser, de nada valeria, caso não tentasse realizá-la. Ainda que eu mesmo reprovasse minhas conjecturas, achando-as absurdas demais para um homem em plena razão, uma parte de mim empurrava-me em busca de tudo isso, de modo que não pude resistir. Essa época da minha existência foi marcada por episódios estranhos e impulsivos de minha parte. Verdade seja dita: eu talvez estivesse fora de minha razão e plena lucidez. Revendo hoje tudo de maneira mais racional, percebo que estava completamente enganado.

No entanto, jamais poderia afirmar isso com certeza, se não tivesse antes tentado realizar esse planejamento, digno de risos, admito. É meu dever explicar como se deram tais fatos, pois marcam uma era de escuridão intelectual em minha vida, além de ter sido uma época em que inúmeras paranoias se apoderaram de meu ser.

Enfim, para encurtar essas narrativas relativamente infundadas, digo que parti para a experiência naquele mesmo dia em que o velho lobo do mar, como resolvi o chamar, deixou para sempre seu cheiro, ou odor, em minha tão querida morada. Não tinha a menor ideia de onde encontrar lava para garantir uma experiência realmente satisfatória. Sabia da existência de vulcões ao sul, precisamente na Itália, onde havia estado algumas vezes.

Senti imensamente a falta dos meus dois maiores amigos: Johan Fritz e Burk Kirsten. De Kirsten poderia retirar as informações que ainda me faltavam, já que sua cultura e experiência de vida seriam mais do que suficientes para garantir qualquer êxito por mim almejado, ainda que acredite que ele me taxaria de maluco, somente por lhe impor essa ideia absurda. E de Fritz teria o companheirismo necessário para a viagem. Verdade seja dita: não tinha um amigo com o qual poderia contar imediatamente para a saída em busca do vulcão.

O destino já havia levado ambos, estava sozinho, quaisquer fossem os planos que pudesse querer realizar. Não tive outro remédio, senão contratar alguém desconhecido, principalmente para extrair a lava do vulcão, quando o encontrássemos.

Não foi tarefa difícil. O mesmo destino que levou meus dois companheiros tratou de me arrumar um novo para essa tarefa. Repito: todos nascemos predestinados a realizar algo. Não tenho dúvidas de que me auxiliar nessa tarefa era a missão de vida daquele que contratei. Parti até uma pequena cidade, próxima de minha casa, com o objetivo de lá arranjar as ferramentas para a exploração e o companheiro que me faltava.

A chama que em mim despertara a ideia de uma grande descoberta havia tapado, em parte, o medo que fortemente sentia. Assim, naquela tarde ensolarada, foi com o rosto feliz e o espírito tranquilo que cheguei ao vilarejo. Proferi pequeno discurso, em meio ao centro da cidade, explicando a todos o meu objetivo.

— Senhores, tenho uma missão em minha mente, a qual seria a solução para o problema da falta de metais, para a cunhagem de moedas. Todos sabem, até mesmo vocês, pobres vítimas da ignorância, que o comércio está ameaçado. Há pouco tempo, os turcos tomaram a capital do leste europeu e barraram a ida e vinda de navios em parte do Mediterrâneo. O comércio com o oriente é extremamente importante para o desenvolvimento da Europa, já que muitas especiarias, como cravo, canela, pimenta do reino e noz-moscada, são muito apreciadas e alcançam alto valor no mercado europeu, contudo, com os turcos interferindo, tornou-se complicada a excursão de comerciantes, tanto por mar quanto por terra, de modo que poucos são os que alcançam a rota das especiarias, até a Índia, ou a rota da seda, até a China. Ainda assim, não creio ser esse o maior problema. Sem dinheiro, não há comércio. Portanto, a maior dificuldade é a escassez de metais, que acabaria de vez com a economia europeia, e o fim da economia afetaria nosso modo de viver. Mas não se preocupem, eu tenho comigo a solução! Apenas preciso de um homem, um só, corajoso o suficiente para me acompanhar em minha missão!

Ninguém me ouvia. Não porque falasse baixo, pois gritava a plenos pulmões, mas porque ninguém se importava com o que eu dizia. Não insisti nesse modo de persuadir algum ser para meu auxílio.

Dirigi-me até uma taberna muito antiga na região. Não passava de um barraco de madeira, quase a despencar, mas que servia para afogar as mágoas de muitos, assim como para tirar a vida de outros tantos. Numerosas mesas malfeitas tomavam conta do local. A falta de janelas comprometia enormemente a iluminação, assim o lugar era, de modo geral, muito escuro, realçando o tom sombrio que por lá pairava. Em algumas das mesas, viam-se garrafas, a maioria vazias. Muitos falavam, alguns brigavam e poucos bebiam. A maioria dos homens estava quase a desmaiar, pobres coitados à espera de alguém que lhes pagasse alguma bebida. Era a situação perfeita.

Tinha comigo duas moedas, suficientes para comprar ferramentas e comprar uma bebida. Vali-me então de uma delas e pedi ao dono da taberna que me servisse um copo de vinho. Fui prontamente atendido, mas não se tratava de vinho. Era apenas vinagre diluído em água, bebida típica da classe mais baixa europeia. No entanto, era mais do que suficiente para o que almejava. Percebi que me acompanhavam com o olhar mais de quinze homens.

— Aquele que estiver disposto a me acompanhar em uma curta viagem, prometendo ser fiel e seguir todas e quaisquer de minhas ordens, terá a chance de beber um gole dessa bebida, que agora mesmo comprei! E na volta receberá uma garrafa de vinho, para usufruir da maneira como quiser! — disse-lhes.

Foi inacreditável o efeito de minhas palavras. Imediatamente se apresentaram oito homens, que, juntos, não valeriam por um. Escolhi, dentre eles, um moço jovem, que talvez tivesse 25 anos de idade. Tipo possante, olhos claros e com uma enorme cabeleira. Estava muito sujo e mal arrumado, mas não esperaria mais de um rapaz encontrado em uma taberna. Corriam boatos que brigava todos os dias, sempre vencendo. Seu nome era Peter e foi fiel até o último momento que esteve em minha presença.

Dei-lhe o gole de bebida prometido e ingeri o que sobrara no copo. Retiramo-nos então, até uma casa de ferramentas. Lá gastei minha última moeda, comprando uma picareta. Partimos. Peter não falava alemão, nem francês, muito menos inglês, e isso foi um problema durante toda a viagem. Não entendia o que me dizia e, de igual modo, ele não compreendia nenhuma de minhas ordens. Não saberia dizer como pôde entender minha proposta, mas acredito que apenas se dispôs a me seguir porque queria imitar ou outros sete personagens, que se postaram à minha frente.

A comunicação foi um problema que tive de contornar, o que fiz. Menti ao dizer que seria um curto passeio, porém provavelmente ele não saberia disso. Na verdade, precisamos percorrer muitos quilômetros, que levaram mais de duas dezenas de dias de viagem. Não entrarei em detalhes quanto à excursão, pois foi simples em quase todos os sentidos, retirando a fome e a sede que passamos, desde a saída do boteco até o cume da montanha. O que importa é que alcançamos com êxito uma região acidentada, onde, pelas informações que recolhi pelo caminho, parecia ser contemplada pela presença de lava em uma alta montanha.

A viagem foi longa. Peter estava impaciente pela garrafa de vinho, prometida quando terminássemos a missão. Creio que essa fora a única parte de minha proposta que realmente entendera, não pela audição e compreensão das palavras, mas sim por seu "instinto". Seus gestos eram claros, não esperaria muito mais pela bebida. Respondi-lhe, por meio de muitos gestos, que era necessário ter mais um pouco de paciência e que na volta lhe entregaria o que lhe fora prometido.

Pareceu dar crédito às minhas palavras, ficando ansioso por realizar rapidamente a experiência. Assim procedemos. Subimos até o alto da montanha, que nada mais era do que um vulcão, ao que parecia ainda ativo. Peter agarrou a picareta e, por três horas seguidas, atacou a dura rocha que formava a montanha, esperando que a lava escorresse a qualquer instante. Enquanto trabalhava, eu dormia pouco distante dali, completamente exausto.

Acordei com gritos de dor, sentindo uma quentura inexplicável tomando conta de todo o local. Peter encontrara a lava, porém fora queimado com o esguicho saído da montanha. Entrei em desespero. Tinha queimaduras sérias por todo o corpo, gritando a todo o instante. Lembrei-lhe do vinho que o esperava; imediatamente cessou a gritaria e pegou o pote de barro na tentativa de recolher a lava. Foi inútil.

Queimou-se ainda mais e desistiu. Eu jamais teria coragem de aproximar-me do local, ao ver de perto o que acontecera a Peter. Tinha o rosto desfigurado e não aguentou mais do que alguns minutos. Foi-se mais um em minha presença. Sua lembrança ainda se apresenta viva em minha memória todas as vezes que me recordo dessa viagem. Pobre Peter. Ainda lhe devo a garrafa de vinho.

Regressei para casa, desanimado com mais esse fracasso. Tal episódio despertou em mim a luz que faltava, fazendo-me perceber o quão absurda havia sido a minha ideia. De fato, hoje vejo que não há sentido algum na proposta que cogitei em minha cabeça. Peter faleceu, e sinto-me culpado por sua morte. Afinal, fui eu quem o chamei para a viagem. Aproveitei-me de seu vício para conseguir um companheiro.

Não sou uma boa pessoa, caro Saymon. Cometi erros, dos quais me arrependo amargamente. Creio que tudo o que de ruim me aconteceu foi um castigo divino para os equívocos que cometi durante toda a vida. Porém, precisei relatar mais esta experiência, em memória de um amigo, do qual jamais pude entender nem uma palavra.

Capítulo 16

Não seria possível descrever exatamente o que Saymon sentia, ao ouvir as palavras de Estrotoratch. Afinal, não conhecia, até aquele momento, esse lado de seu amigo, que, acima de tudo, parecia muito perturbado em recordar-se de tais questões. Sabendo disso, disse a Estrotoratch:

— Meu amigo, percebo que não se encontra bem relembrando todos esses episódios de sua vida. São muito marcantes, entendo seu estado de espírito perturbado.

— Sim, Saymon. Tens razão. Não me sinto muito confortável.

— Acha melhor parar com as histórias por hoje? Está ficando tarde.

— Não. Chamei-o aqui para que soubesse, portanto é necessário que eu lhe conte. Peço que fique. Não poderia mais viver com tais lembranças somente em minha memória. Preciso compartilhá-las para que o peso que carrego sobre os ombros possa ser aliviado.

— Está bem. Friederich. Peço então que continue, leve o tempo que precisar.

— Obrigado, Saymon!

Acordei naquela manhã com um soco forte na porta de minha casa, que naquele momento já estava em seu devido lugar, quase perfeitamente consertada. Havia acabado de amanhecer, e eu estava completamente exausto, devido à viagem que acabei de lhe contar.

Quase não comi e pouco dormi durante todo este tempo, então não me levantei para ver quem me atormentava naquele dia frio que se iniciava.

Permaneci deitado, sem me preocupar, já que apenas havia ouvido um único soco, julgando, portanto, não se tratar de algo de muita relevância. Afinal, se quem me acordava tivesse algo importante a me relatar, teria ao menos insistido um pouco mais para que eu atendesse.

Não pensei que quem me chamava poderia estar trazendo algo que apenas a mim importasse, portanto não teria por que insistir. Se eu não atendesse, o único prejudicado seria eu, ninguém mais. Sem dúvida, a preguiça traça paralelos nada proveitosos em nossa mente, que nos levam por caminhos contrários aos que realmente seriam desejados.

Quando venci a lassidão e o sono, dirigi-me à porta. Abri-a, não sem muita dificuldade, sem ninguém encontrar do lado de fora. Tudo o que vi foi um pequeno recado, com não mais do que vinte palavras, molhado pelo sereno da manhã, sem, contudo, estar ilegível. Apanhei-o rapidamente. Percebi que se tratava de uma notícia, mais uma vez nada favorável a mim.

"É lançada recompensa por F. B. Estrotoratch, acusado por diversos crimes, dentre os quais a blasfêmia e contrariedade aos dogmas sagrados da Igreja."

Curtas palavras, que tiveram em mim enorme efeito. Pensei poder tratar-se de uma brincadeira de mau gosto, mas não ousei duvidar da seriedade a qual poderia estar assentado aquele pequeno recado. Naquele instante, nem cogitei a ideia de indagar quem teria sido o suposto benfeitor, que me avisara sobre a mais nova perseguição à minha pessoa. Trouxe-me a cautela, e de brinde o medo, de modo que ainda hoje não sei se lhe devo agradecer ou amaldiçoar.

Soube, naquele momento, que a Inquisição estava atrás de mim e, caso me capturassem, seria queimado em uma fogueira, como muitos outros foram. Quase sempre tomava os devidos cuidados para evitar que me findassem com a vida, por um crime que jamais cometi. A Igreja é a mais poderosa instituição deste tempo. Todos a querem ao seu lado, e ninguém pretende ser seu inimigo. Estar do lado contrário à maior força do século pode ser imensamente perigoso. Infelizmente, me encontrava nessa situação.

Achei estranho tudo aquilo. Não recordava, por mais que tentasse, o que havia feito para contrariar a instituição. Assim, em poucos minutos de reflexão, mudei de opinião, duvidando da seriedade do documento. Resolvi que não deixaria me abater por aquela notícia, já que talvez tenha sido exatamente esse o objetivo de terem me enviado aquele bilhete. Estava cansado de viver uma vida de puro receio e sofrimento. Assim, após alimentar minhas queridas lebres e absorver com grande prazer um delicioso copo de mel, concentrei-me no prazer de dar caça aos bodes das montanhas. Não me agradava a caça, mas era preciso comer algo, além de lebres e mel.

Sempre fui homem curioso, não podendo, por mais que desejasse, manter-me parado enquanto gozava de perfeita saúde. E os bodes me traziam curiosidades difíceis de explicar. Esperava, além de garantir um pequeno estoque de carne, saber exatamente como se dava seus relacionamentos, como funcionava seu sistema social, podendo talvez trazer algum benefício aos humanos.

Foi assim que, naquela manhã de dia quente, com sol que queima como brasa, pus-me à marcha desenfreada. Era um pequeno conceito para homem acostumado com as rasteiras da vida. Pensando como simples camponês aldeão, dirigi-me às montanhas, não muito distantes de minha residência.

Gastei pouco mais de uma hora para rastejar por trezentos metros. Não ousava levantar-me e simplesmente andar, como o faria qualquer outro semelhante humano. Tinha assombroso medo de não alcançar com vida as montanhas, já que as lembranças do que tempos antes se passaram ainda estavam mais do que vivas em minha memória. E, para ainda mais ter o que temer, a Igreja acabava de lançar ordem de recompensa pela minha cabeça, como deixava bem claro o recado pouco antes recebido. Ainda que tentasse enganar a mim mesmo, fazendo-me crer que o recado deixado em minha porta não era verdadeiro, não conseguia, como já era de se esperar, fazer-me acreditar que tudo isso não passava de uma recreação pouco cortês.

Qualquer sombra era motivo para que pensasse estar perdido, de uma vez por todas. Por cinco ou seis vezes, fingi-me de morto, ao topar com algum animal que circulava pela região. Eram inofensivos, mas o medo traz vida às mais inexplicáveis fantasias. Sempre enxergava um homem, empunhando um machado, com o objetivo de pôr fim à minha vida, em troca da recompensa prometida pela Igreja. Confesso, inclusive, que, em certo momento, julguei-me perdido, ao topar com enorme criatura que, somente o fato de falar, poderia diferenciá-lo de qualquer besta.

O varão olhou-me com olhar frio e meticuloso, deixando-me amedrontado de tal modo que tive de dar fim à minha calça. Tal fato deixou-me abatido por semanas a fio, pois era minha melhor vestimenta e não tinha mais do que meros trinta e seis meses. Quem estava à minha frente usava grosso casaco, camisa branca, calças marrons e um sapato de madeira. Tive enorme curiosidade de perguntar onde arranjara o calçado, mas o medo não me deixou dizer uma palavra. Era extremamente alto, forte e amedrontador. Poderia, sem dúvida, derrubar um boi com um soco, sem fazer sequer pequeno esforço. Porém, o rapaz parece ter-me julgado alguém mais perigoso. Contentou-se em somente me dar um chute nas canelas. Agradeci-lhe a cortesia com uma unhada na garganta, com a qual caiu, para minha surpresa, inconsciente por algumas poucas horas. Fora salvo, pensava.

Retomei meu caminho, redobrando o cuidado para não ser mais visto. Pensava constantemente na sorte que havia tido. Jamais pensei ser capaz de derrubar um homem tão grande e forte. Cheguei às montanhas, onde de cara pus os olhos em doze bodes, suficientes para minha experiência. Tirei de minha mochila um belo couro de bode, com o qual me vesti, para me aproximar dos animais. Pretendia me enturmar com o rebanho. Meus primeiros dez passos foram um sucesso, em direção ao pequeno gado. Porém, quando perceberam que se tratava de um adversário, avançaram em minha direção com tempestuosa velocidade, de modo que não pude fugir. Cercaram-me e me atacaram, fazendo-me rolar montanha abaixo por mais de cem braças.

Acordei apenas na manhã seguinte, com o varão de garganta arranhada me arrastando pelas pernas. Tentei engajar uma fuga, porém meus esforços foram completamente infrutíferos. A Igreja vencera, pensava. Seus braços vigorosos, com cabeça achatada alçada a dois metros dos pés, seguravam-me com força descomunal. Arrastou-me por cerca de três a quatro quilômetros, deixando-me com as costas raladas e os braços dormentes.

Dispus-me a choramingar. Arrependi-me por ter arriscado e não ter dado tanta importância ao bilhete que recebera. Percebi que o medo é essencial à sobrevivência. Estava perdido, sem qualquer esperança. Seria imediatamente considerado culpado, sem qualquer tipo de julgamento, sendo por fim enforcado ou queimado vivo. Aquela gigantesca criatura continuava a me puxar, enquanto tais pensamentos faziam-me já encomendar a minha alma ao Criador. Porém, por puro acaso, encontrei pelo caminho uma pedra. Agarrei-a sem pensar duas vezes e, com força sobre-humana, rachei a cabeça do varão, com uma pedrada certeira. Caiu em terra, sem sentidos.

Mantive-me em disparada por cerca de duas horas, tamanho era o horror que senti ao pensar que aquela criatura poderia ainda reviver com alguma poção mágica ou com qualquer outra técnica que minha criativa mente imaginava. Tudo isso, é claro, tinha como combustível insubstituível o medo que se apoderava de mim. Olhava para todos os lados, ainda com o couro de bode sobre as costas.

No entanto, enquanto corria e observava todo o meu redor, tropecei em um objeto completamente estranho. Aquilo me fez esquecer o medo, que corroía meu espírito há horas, já que também sentia forte dor nas pernas, devido ao tombo. O objeto tinha formato que não poderia ser comparado a qualquer forma geométrica. Fiquei, mais uma vez, espantado e inexplicavelmente alegre. Era azulado, um azul muito escuro, quase negro. Quando visto por outro ângulo, parecia um vermelho claro, com tons cinza e certa tonalidade branca no centro.

Imagine o tamanho da minha surpresa ao topar com aquilo, caro Saymon! Fiquei a admirá-lo por muitos minutos, sem piscar os olhos. Resolvi que levaria o instrumento para casa, descobriria a sua finalidade e o propósito de estar jogado naquele local. E assim procedi. Tinha peso quase nulo, textura macia como o pelo de minhas queridas lebres. Era feito de material estranho, algum tipo de metal ou liga completamente desconhecida.

Coloquei-o em meu casaco. Muito devo àquele mísero objeto, o qual permaneceu comigo por muitos anos. Talvez fosse minha melhor companhia após a morte de Fritz, já que o levava a todo e qualquer lugar. Chegando a minha casa, fiz inúmeros testes. Tudo se manteve inalterável, tanto cor, como peso e textura. Amaldiçoei o dono daquele estranho instrumento, pensando que talvez estivesse jogado no chão justamente porque seu antigo dono não sabia o que fazer com ele, exatamente como eu.

No final das contas, dei um fim digno a ele. Veio até minha morada um mercador, ao qual entreguei o objeto, em troca de um punhado de arroz. Quando o pegou em suas mãos saiu aos gritos, dizendo:

— Estou rico! Estou rico!

Jamais compreendi com exatidão a razão pela qual aquele cidadão acreditava ter ficado rico, somente tendo em sua posse aquele estranho objeto. No entanto, fui compreender tudo mais tarde. Havia enorme possibilidade de que aquilo se tratasse de algo que muitos procuram, chamado de *Lapis Philosophorum*. Aquele mercador acreditava que possuía em suas mãos um objeto capaz de transformar qualquer metal em ouro, ou ainda conseguir um líquido capaz de trazer vida eterna àquele que o ingerisse.

Talvez apenas se trate de uma lenda, no entanto, logo após ter entregado ao mercador aquele estranho objeto, recordei-me de uma das lições de meu falecido mestre, a qual ensinara a Fritz. Tratava-se da história de Nicola Flamel, possível alquimista, que teria encontrado um antigo livro, no qual supostamente haveria encontrado textos e desenhos misteriosos, os quais não conseguira decifrar mesmo após muito estudo.

Segundo a lenda, Flamel teria descoberto um sábio judeu que conseguiu realizar a tradução do livro. O texto e os desenhos enigmáticos possuíam a fórmula para uma pedra filosofal. Desse modo, Nicola Flamel teria conseguido fabricar a *Lapis Philosophorum*. Seria essa a razão para a riqueza incomensurável de Flamel. Ainda hoje não se sabe sobre a veracidade desses fatos, mas sabe-se que o objeto fabricado por Flamel possivelmente havia se perdido com o passar dos anos.

Não sei se tudo isto era possível ou se aquele mercador obteve êxito quanto a tudo isso, mas é possível que eu tenha possuído em minhas mãos a pedra filosofal.

Capítulo 17

As histórias de Estrotoratch, ganhavam, cada vez mais, ares fantasiosos ou até mesmo irracionais. Saymon percebeu isso, enquanto se recostava na parede, inclinando ligeiramente seu banco para trás. No entanto, ainda que começasse a acreditar que Friederich poderia estar inventando aquelas histórias, sabia que era preferível apenas ouvir e ver até aonde tudo aquilo iria chegar.

Um detalhe importante sobre Saymon, ele era extremamente culto e sistemático. Isso fazia com que ele questionasse as verdadeiras intenções de seu amigo, ao lhe contar tudo aquilo. Estro não se arriscaria, contando tais fantasias sabendo que não seriam facilmente aceitas por Saymon. Por isso, este não podia ter certeza se aquelas histórias eram ou não invenções de Friederich.

Assim, achou melhor contentar-se em ouvir e deixou que Friederich continuasse.

Não seria aquela a última vez em que encontraria problemas em minhas andadas peregrinas. Como já disse, sempre fui um homem muito ativo. O ócio me fazia mal, por isso o evitava a todo custo. Minhas lebres pagaram um preço por isso, pois constantemente ficavam com fome.

Estando eu caminhando pelas brumas ocidentais, com um alforje na mão, adentrei em um pântano escuro e sombrio, no qual sabia, desde muito tempo, haver aves de boa carne para consumo. Pode imaginar o forte medo que senti ao entrar naquele lugar asqueroso. Pensava que algum animal feroz poderia me atacar.

Abati, sem nenhuma facilidade, algumas galináceas aquáticas, as quais carregava a tiracolo. Deparei-me então, quase colocando um fim à minha existência, tendo um ataque cardíaco, com certo senhor de idade já avançada. Possuía o rosto cheio, nariz redondo e pele muito branca. Tinha olhos azuis ou verdes, não saberia dizer ao certo. Carregava uma pequena bolsa de couro, vestia camisa e calças do mesmo material.

Vinha montado em um burrico, o qual se confundia com o cavaleiro em aspectos gerais. Quando se aproximou suficientemente, soltou três ou quatro sons guturais, não sei se utilizando a língua entre os dentes, ou os beiços sobre a língua. Não entendi o que dizia, mas percebi que gostava de puxar bem as "palavras", dando a elas um sotaque completamente estranho.

Ofereceu-me, para meu espanto, um pequeno pedaço de queijo, com o qual matei minha fome, que já durava seis dias e cinco noites. Fizera eu então um amigo de curta data. Para ser exato, um amigo de dez minutos. Sem que me fosse possível compreender a razão, o velho silenciosamente caiu ao chão, logo após ter me dado o queijo. Verifiquei seu pulso e percebi que havia falecido.

Fiquei afoito com a situação, mas não afrouxei o passo. Fiquei com seu burro. Quanto ao corpo do velho, percebi que, alguns poucos minutos depois de minha saída, três ou quatro lobos o devoraram. Enfim, pude fazer daquele estranho um amigo, o qual jamais soube o nome. Aquele velho matou-me a fome e deixou-me seu burro.

Foi exatamente aquele burro e o velho que me despertaram a atenção para um fato. Antes de ser devorado, logo após falecer, aproximei-me do ancião e percebi a verdadeira razão para sua morte. Morrera de uma doença devastadora, infelizmente muito comum na época: a peste negra. Tinha manchas no corpo, e temi a possibilidade de ter sido contaminado pelo queijo que me oferecera. Realmente parecia ter sido, como descobri pouco depois.

Muitos homens, mulheres e crianças estavam sendo vítimas desse mal. Articulam que já induziu muitos para o melhor. Alguns se referem a milhões. Eu creio nessa possibilidade, porém a ela não me curvo. Os homens estão à procura da cura para tal execração, mas até hoje ninguém a encontrou. Percebi que estava doente após três dias, quando comecei a sentir um pequeno comichão no corpo. Algumas bolhas surgiram em minha pele. Como pode imaginar, julguei estar para sempre perdido.

Recorri a um ancião que conhecia, há um bom tempo, e que dizia ter certo conhecimento sobre medicina. Cheguei à sua casa, receoso e triste.

— Senhor Keinz, está em casa?

— Sim, meu rapaz, mas já estou deitado. Ocorreu alguma coisa? — respondeu sem atender-me.

— Eu gostaria de lhe fazer uma pergunta. Acredito que o senhor seja a única pessoa capaz de respondê-la. Seria algo rápido, mas teria que me ver para responder.

— Nobre amigo. Se eu já não tivesse deitado, pediria para vir até aqui, mas, como já estou, peço-lhe desculpas por não poder dar resposta à sua questão ainda hoje.

— Eu compreendo, senhor Heinz. Mas é uma questão não muito simples, uma questão de saúde.

— Sua saúde? — respondeu, aparentemente mais preocupado.

— Sim — respondi. — Talvez nada sério, mas minha cabeça formula as mais pessimistas idéias.

— Sintomas?

— Febre, algumas manchas no corpo, além de muito mal-estar.

— Achei que fosse algo sério, deve estar com algum resfriado. Até fiquei assustado. — falou com desdém.

— Mas acredito que não seja um problema frívolo. Não é algo comum.

— O que acredita que seja?

— Na pior das hipóteses, a peste bubônica.

— Nem pense nisso, meu jovem. Não acredito que seja.

— O problema é que estou pensando. Por isso, gostaria que o senhor visse e me desse seu parecer. Isso está me tirando o sono

— As manchas são avermelhadas? Estão sobre todo o corpo?

— Não exatamente, porém tem um tom avermelhado. Quanto à posição, encontram-se principalmente nos braços e nas pernas.

— Caro amigo, é com muita tristeza, mas tenho que ser sincero: há poucas chances de você sobreviver. Possivelmente se trata da peste negra e, se realmente for, já pode encomendar sua alma ao Criador. Não há mais ninguém com quem possa se consultar?

— Não, o senhor é o único médico que conheço.

— Que pena, meu amigo! De todo modo, não vai custar nada eu vê-la.

— Quando poderia ver?

— Amanhã seria o mais conveniente.

— Está bem, senhor Heinz.

— Estarei o dia todo em casa.

Amaldiçoei de todas as maneiras aquele velho. A má vontade de Heinz marcou-me profundamente, no dia seguinte nem pensei em consultá-lo novamente. Por dois dias inteiros, fiquei a chorar, sabendo que, para a Peste Negra, não havia cura. No entanto, no terceiro dia, cessei com o choramingo e decidi lutar pela vida. Adianto que venci. A Peste Negra era um dos maiores problemas deste século. Ninguém ao certo sabe como começou, muito menos como pará-la.

A decisão de lutar não significava exatamente que poderia vencê-la, o que me desanimava, pois recordava as lições de Kirsten sobre como a peste se espalhara pela Europa e como as pessoas, sem discriminação, morriam e eram amontoadas em qualquer canto, em principal os pobres e indefesos.

Ainda solicitarão desculpas àqueles que lhe acudirão a vida, em revide de suas próprias. Hoje os empregam para seus próprios domínios e não será dessemelhante daqui a alguns anos. Ainda serão os mascotes de mulas, abrangidos em papel que une em ferro. Das estrelas surgiram as veracidades, mas como não poderia ser, já que o próprio ser se seduz com as belezas, as quais seguem por ardor? Pois bem digo, que de uma vara nasce uma presunção e de um brilho do céu segue-se por caminhos nunca navegados. Não haveria qualquer esperança para mim, senão tentar curar-me de algum modo. Mas como faria isso? Não tinha a menor ideia, como qualquer outro ser que respira neste século maldito. Aos poucos minha fé se esvaía, justamente no momento em que deveria tê-la mais próxima de mim. Se eram aqueles meus últimos dias de vida, deveria estar em paz com o Criador.

Porém, não estava. Pelo contrário, passava grande parte do tempo questionando Deus sobre o que comigo se passara até então. Tinha motivos para acreditar que era o homem mais desgraçado da face da Terra, pois poucos conheci cujas existências foram marcadas por tão trágicos acontecimentos, quase todos ligados a mim mesmo.

Foi numa dessas crises existenciais que recordei a ideia de um homem que conheci quando criança, enquanto brincava com meus irmãos. Esse velho, o qual poderia ser considerado nosso vizinho, disse certa vez à minha mãe que conhecia a cura para qualquer doença, sendo quaisquer delas tratadas com couro de cavalo. Sim, eu sei o quão absurda é essa ideia e instantaneamente me reprovei por cogitar acreditar naquilo.

No entanto, o medo da morte faz-nos apegar a qualquer esperança que se apresente, de modo que, apesar de receoso quanto à eficácia de tal método, uma parte de mim começava a supor alguma explicação, para que o couro verdadeiramente pudesse curar-me e salvar-me a vida. Imaginei terem os equinos uma substância em sua epiderme. Substância essa que, quando cozida, liberaria uma procedência.

Esse gás, quando submetido a abrangidas pressões, deveria liquefazer-se. E desse líquido se chegaria a uma pasta, que acabaria com a doença. Formei esse raciocínio quando estava deitado em minha cama de granito e era atacado por forte febre. Suava com constância e sentia forte dor no estômago. Parecia que minhas forças aos poucos escasseavam, pensei não me restarem mais do que alguns dias.

Compreende-se muito bem que a Peste Negra forma empolas na pele dos humanos. Colocando-se tal pasta nessas vesículas, ter-se-ia uma reação química, que assolaria a doença, perpetrando com que a pessoa seja sanada. Era um bom plano, admito, apesar de não passar de pura especulação.

Por fim, decidi tentar, já que era minha última esperança. Matei o burro do velho, com certo remorso e medo do provável arrependimento. Cortei parte de seu couro e fiz o procedimento que imaginei, enquanto delirava sob o efeito de forte febre. Consegui algo próximo a uma pasta, gordurosa e de cheiro nada agradável. Passei por todo o corpo.

Não sosseguei, no entanto. Pensando melhor, recordei que o velho jamais disse nada sobre uma pasta ou coisa do tipo. Era mais provável que seria necessário apenas comer o couro de cavalo. Assim, permaneci por dias seguidos ingerindo couro de burro, ora assado, ora cozido. Seu sabor era muito desagradável. Não percebi diferenças em meu corpo, senão em meu estômago, que muito mais doía.

Precisei utilizar uma técnica mais trivial: devorar o couro de burro cru. Advieram alguns dias com essa terapia. Fui adoecendo cada vez mais, até chegar quase ao perecimento. Resolvi então parar e simplesmente esperar minha morte. Escrevi breve testamento, deixando o pouco que possuía a qualquer um que encontrasse meu corpo, exigindo apenas que proporcionasse um enterro digno. Adormeci, tendo a certeza de ser meu último sono. E que sono seria! Exatamente meu cochilo das três horas.

Acordei pensando já estar morto. A falta de bolhas pelo corpo seria a certeza desse pensamento? Sentia-me muito bem! Estava curado! Porém, para ficar bem, precisei morrer? Não! Não estava morto. Estava em minha casa e tinha dormido mais do que de costume, por um dia inteiro ou dois.

Cheguei à conclusão, precipitada, de que o sono seria o fim do tratamento. No entanto, dois dias após esse ocorrido, descobri que jamais havia contraído a Peste Negra, tinha simplesmente sido vítima de uma infecção alimentar, junto a uma forte alergia, provavelmente adquirida enquanto vagava no dia em que conheci o velho montado no burro. A dor no estômago evidenciava a infecção, as empolas o outro mal. O queijo que o velho me dera certamente tinha sido o culpado.

Ambos, o queijo e o velho, me causaram enormes sofrimentos, porém hoje não mais os amaldiçoo. Ao contrário de Heinz, o qual jamais esqueci a má conduta profissional. Em uma sacola, antes pendurada no burro, encontrei duas moedas de prata, as quais mais tarde troquei por um bom martelo. Desse martelo arranquei um dente que há muito me perturbava. Hoje digo que, por um velho e um burro, sofri com a barriga, mas encontrei o alívio no dente.

Capítulo 18

Abeira-me ser inadmissível o modo como a humanidade vianda, como ela avança. Não imponho um aceitamento para o lance certeiro de que preferem dizer que não sabem, quando verdadeiramente têm preguiça. Ao contrário de rematarem a ação, dizem que não detêm a ciência necessária para concluí-la.

Não se pode assistir a isso em nenhuma das distintas espécies existentes em nosso planeta. Pois então, por que é apontado o homem um ser racional, quando de fato poderia ser acatado o pior de todas as espécies? A que me é devido ver, só existe um pretexto para essa designação: a ocorrência de que, mesmo sendo o pior, na superioridade das vezes, ainda obtém a volta em suas ações, e assim repara seu erro.

Nas últimas décadas, percebo o declínio de tal audácia, portanto o homem deste século não mais é racional. Não sobrevém de pó, um simples grão de areia à beira-mar. Um cisco que, com as auras da manhã, vaga sem guia pela atmosfera. Carcomeria aqui minhas palavras (propostas a acarretar o conhecimento), com fidúcia, todas elas, para acoimar a raça influente deste planeta. Porém, assim não procederei. Jazerei a manter a bonança, sem, contudo, deitar os dorsos em meio ao limpo.

Minha ilusão quanto a ter ficado seriamente doente me fez rever alguns princípios básicos da vida. Estar frente a frente com a morte, ainda que de maneira enganosa, nos faz enxergar pontos e arestas, antes escondidos por trás de nosso ego, nossas cobiças e nossas vaidades. Pensar que não sobreviveria me trouxe mais visão do que realmente é a vida.

Fico agora a imaginar até onde o homem poderá chegar, levando em conta até onde já chegou. Creio que não haverá limites. Ainda longe irão, pois as pessoas deste século detêm ideias que contrariam tudo o que já foi visto. Talvez eu seja um desses. Quem sabe eu ainda possa ser lembrado como aquele que tentou facilitar a vida de todos, tirar o domínio de tão poucos que hoje o detêm.

Assim como a lagarta abocanha a folha, a neve queima com seu frio. E fui queimado mais uma vez, em plena primavera, quando tive notícias de um amigo, o qual já conhece, trazendo-me uma notícia a qual até hoje não sei se é boa ou má. De tempos em tempos, atinjo um abismo emocional, no qual cobiço até mesmo duvidar se há existência além-vida. A solidão abatia-me numa tarde de domingo. Estava exorbitantemente sem tarefas naquele momento. Nada me topava a ideia, senão as abundantes marchas à procura de um subterfúgio, que me trouxesse efêmero prazer e deleite.

No entanto, tal ideia manteve-se somente em minha mente, já que fui abordado por uma visita não esperada.

— Exímio comparte! Há quanto tempo não nos vemos! — disse um homem que se aproximava, mancando.

— Wagner? Vejo-o, mas não creio.

— Pois pode crer, sou eu mesmo!

— Fico muito feliz com sua visita, meu velho amigo, vamos, entre!

De início, Wagner não se mostrou disposto a adentrar em meu casebre, mas por fim sentou-se neste mesmo banco em que hoje você está sentado, caro Saymon. Percebia que estava relativamente alegre em me ver, assim como eu estava radiante de alegria por encontrá-lo. Há muito não via um rosto conhecido. Espantei-me ao perceber que havia perdido um de seus braços. Inquietei-me com isso, porém não tive coragem de perguntar o que havia acontecido.

— A que devo sua visita? — perguntei-lhe.

— Na verdade, venho para relatar-lhe algo de seu interesse. Senti-me na obrigação de assim proceder, já que você permaneceu ao meu lado em uma das ocasiões mais adventícias de minha existência.

— Senti uma grande falta de sua presença, caro Wagner. Há tempos não nos vemos. Qual assunto quer me relatar?

— Meu amigo, não sei com que peso essa ciência abordará seus ouvidos, nem sei como amenizá-la. Acho até que não aturará tal notícia, já que fará de ti um ser ainda mais desgraçado, meditando seu presente estado crítico.

—Vamos, fale!

— O último episódio por que passamos juntos deixou-me marcas inapagáveis. Arrependo-me, todos os dias, por tê-lo levado comigo no episódio dos anões, para trazer à liberdade aquelas pobres criaturas. No entanto, estando eu meditando certo dia sobre esses acontecimentos, remoendo-me de dor e arrependimento por aquele meu agir equivocado, adveio até mim um conhecimento.

— Também me arrependo daquele episódio, caro Wagner. Peço-lhe, inclusive, perdão por tudo aquilo.

— Não há pelo que se desculpar. Há muito já não tenho ressentimentos por isso.

— Agradeço-o. Por favor, continue.

— Está bem. Um mercador amigo meu, que me traz suplementos de ano em ano, trouxe a adventícia notícia de um matrimônio. Recordo que Dyuirã, nome do comerciante, vestia-se de maneira desusada, com uma pele de lobo, veste nada amoldada para o clima desértico. Apreendia, acima de sua caixa torácica, uma cabeleira viva, cingida nas pontas. Era um tipo pujante e astuto. Seus estigmas demonstravam que muito combatera, tendo inclusive participado da guerra dos Cem Anos.

— Já ouvi falar de muitos combatentes que se tornaram comerciantes — falei.

— Sim, geralmente o fazem. Voltam tão perturbados pelos horrores da guerra que não conseguem manter-se em um mesmo local, precisando mudar-se constantemente. E não poderiam escolher melhor atividade, do que se tornarem comerciantes. No entanto, não vim até aqui para falar-lhe sobre ex-combatentes. A notícia que queria trazer-lhe será embaraçosa, creio eu. Está preparado para ouvi-la?

— Sim, Wagner. Pode dizer. Manter-me-ei firme, como uma rocha pregada ao solo.

— Dyuirã informou-me que ainda vive Rosamund Moritz.

Entrei em estado de choque imediatamente. Quase desfaleci, tornando-me branco, enquanto apoderava-se de mim uma dor indescritível no peito.

— Sente-se bem, Friederich?

— Sim — respondi com enorme dificuldade. — Por favor, continue!

— Fiquei alarmado, pois a julgava para sempre perdida, após o incêndio da aldeia. Tratei de seguir, com meu amigo Dyuirã, até o local que me indicara, para avaliar a notícia. Partimos, abordando em poucos dias sua botoeira, que era uma palafita. Logo de cara, vi Rosamund Moritz. Sua formosura ainda se mantinha inalterada. Já receava que Dyuirã apreendesse problemas intelectuais, porém percebi estar enganado. Rosamund realmente vivia.

Não conseguiria descrever meu estado de espírito naquele momento. Sentia-me estranho, quase irreconhecível. Apoderou-se de mim um sentimento de fraqueza, misturado com uma leveza que parecia fazer minha alma sair de meu corpo.

— E como ela estava? — perguntei emocionado.

— Estava bem, meu amigo. Mas talvez seja melhor continuar em uma outra ocasião. Você parece se sentir mal.

— Não! Continue, imediatamente! A curiosidade me matará ainda hoje, se não souber o que se passou.

— Tem certeza? O que relatarei daqui em diante provavelmente será para você avassalador!

— Tenho absoluta convicção. Pode continuar.

— A questão é que tudo aquilo não passava de uma armadilha. Fui atacado fortemente na cabeça. Acordei e me deparei num lombo de mula. Estava com a boca sangrenta e vi Rosamund adulando o animal. Encontrávamo-nos numa floresta cerrada. Logo a mula acuou e, com um conciso movimento, vi um fogaréu que acendia suas flamas até alguns metros do chão. Fui atirado à terra, onde me rasgou um dos braços. Enquanto assava meu membro, ajuizava em uma maneira de ir-me daquela paragem. Com toda a astúcia, escapuli incendiando as cordas que me atrelavam, com um bocado de brasa. Fui-me dali, correndo o mais prontamente que pude, ainda que com dificuldade, devido ao meu problema na perna. Rosamund tentou me abichar, mas não pode. Corri, quase rastejei, por milhas, até sair da encorpada floresta.

Duvidei de Wagner. Estaria louco? Nada do que dizia parecia fazer sentido.

— O que anseio lhe informar, caro amigo, é que Rosamund não é uma senhora santa. Acho, inclusive, que detém afinidades com o diabo. Caso tenha o intento de revê-la, peço que olvide. Sabe que é uma meretriz, que se acha submergida e tem dificuldades mentais em sua prole.

— Entendo, amigo — disse mais tranquilo, por acreditar que Wagner estava maluco ou que inventava toda a história.

— Espere. Há ainda algo que preciso lhe dizer.

— Pois então diga!

— Vi um guri, com sua fuça, quando me deparava em sua habitação. É, sem equívoco, filho seu.

Capítulo 19

— Quer dizer que você tem um filho? — perguntou Saymon a Estrotoratch.

— Sim, é muito provável que eu tenha.

— Provável? Então não tem certeza?

— Jamais o encontrei.

— Como não? Não saiu à procura dele e de Rosa?

— Claro que saí. No mesmo instante em que Wagner me disse tudo aquilo, saí como um louco, ainda desnorteado pela notícia. Viajei durante meses, por todos os lugares imagináveis, sem achar qualquer pista de Rosa e de meu possível filho.

— Sinto muito, Estrotoratch!

— Eu também, meu amigo. Não sabe o quanto fiquei surpreso com a notícia e como tirou-me o sono por muitas noites, enquanto varria a Europa como louco, atrás de Rosa e do garoto.

— E não pensa em procurá-lo novamente?

— Claro que penso. Tal ideia vem-me à mente todos os dias antes de dormir.

— Desde já adianto que quero ajudá-lo, meu amigo. Percebo que você está sofrendo bastante.

— Sim, sofro, todos os dias, lembrando tudo o que aconteceu. Porém, antes que tenha pena de mim, preciso terminar meus relatos.

Ainda não acabaram as desgraças e anormalidades por mim presenciadas e vividas.

— Está bem. Por favor, continue. Afinal, foi para isso que vim até aqui: para ouvi-lo.

Talvez você se perca na ordem cronológica em que exponho minhas histórias, porém peço que não se assuste com isso, Saymon. Ocorreram muitos fatos em minha pacata existência, e nem todos se encontram em minha memória, assim como as datas, também há muito me foram esquecidas.

Receio ter perdido um carisma que há tempos ponderava ter. Algo que me exacerbava a ideia e que dela retirava a parcimônia de minhas ações. Usufruí-me de maneira soberba desse dom, porém, por desmazelo de um, acabei por soltá-lo nas brisas de uma manhã fria, já bem próxima do inverno, que naquele ano certamente seria muitíssimo severo.

Entediei de me prender a uma veridicidade e dela subir as lombadas da dianteira de minha casa. Só há uma resposta para a solicitação de briga, porém essa eu ignoro. De tanto foliar, sofri a trinca de meu ombro, com isso precisei certo dia escrever com a boca. Para efeito de conhecimento, deixo claro que sou destro.

Certa alvorada, bati à porta de uma senhora que há anos apreciava, mas que nunca havia notado. Acredito que muitos assim façam, mesmo sem perceber. No entanto, se eu não a havia notado, há muito ela já me carcomia com os olhos. Foi minha curiosidade, em saber a razão pela qual assim procedia, que me fez incomodá-la naquela manhã. Havia em sua feição algo que me atrelava à cautela. Seus olhos castanhos tinham um brilho inexplicável, que nem mesmo a idade conseguiu apagar. Possuía cabelos muito brancos, sorriso amável e doçura na voz. Ainda não compreendo se me arrependo de ter soltado aqueles três toques em sua entrada, afinal, aquilo me causou uma série de emoções, num curto espaço de tempo.

Ela me convidou para adentrar em sua casa. Era muito bela e aconchegante. As paredes possuíam certo brilho, muito misterioso. Pedi-lhe uma xícara de minha bebida preferida, que tenho certeza já saber qual é. Ela docilmente me trouxe um delicioso caldo em uma vasilha de porcelana, material pouco encontrado naquela região. Desculpou-se por não ter em sua casa nenhum bocado de mel.

Ao rematar a sopa, jazia um prazer em meus lábios, que no momento estavam cerrados. Ela me trouxe uma obra, que até então me era ignota. Parecia algo muito antigo.

— O senhor lê? — perguntou-me.

— Todos os dias. Sou um amante da leitura, hábito que adquiri com meu saudoso mestre, Kirsten.

— Então, certamente terá interesse neste livro.

— Se puder me emprestar, terei enorme prazer em estudá-lo — respondi.

— É seu. Entrego-o a ti, pois eu já não mais posso ler. Não tenho mais a mesma vista de anos atrás.

Fiquei imensamente feliz com o presente. Pensei que aquele dia acabaria por ter um final agradável, já que tão bem começara: ganhei um livro e uma refeição logo de manhã. Despedi-me da senhora, que me deu um abraço. Fazia já muito tempo que não tinha esse tipo de contato com alguém. Estava prestes a ir-me, quando ela realçou:

— Dei-lhe a obra, mas, quando terminá-la, venha até minha casa para contar-me o que dela tirou proveito.

— Certamente, senhora. Obrigado! — falei em tom amável, raramente oriundo de mim.

Fui-me então. Induzi o livro ao meu burgo e lá fiz uma verdadeira limpeza. Retirei dele as fezes de ratos e moscas mortas. Havia também uma grande quantidade de dinheiro. Guardei-o para entregar novamente à senhora com a obra quando terminasse a leitura. Do livro, nada extraí de muito característico. Apresentava mais de quatrocentas folhas, mas somente uma me chamou a atenção.

Foi essa inusitada página que me trouxe uma noção, que ainda não possuía. Apresava em meu poder algo de suma seriedade. Uma ideia que, se distinguida e resplandecida em silêncio nessa era que hoje vivemos, deixaria a muitos alienados, e os que esquivassem dessa desgraça seriam arados como nunca se vira antes.

Havia, dentre aqueles versos germânicos, uma nota que me levou a um aperfeiçoamento inteiramente formidável. Li, naquela página, um conceito redondamente incógnito: observar a conduta das borboletas e, com isso, antever o tempo. Era demasiado fantasioso, pensei de imediato. Porém, o que mais chamou-me a atenção foi uma dúvida: porque, em meio a um livro de poemas, havia uma tese como essa?

Busquei um fundo de acepção naquilo, não encontrei, mas cheguei à outra proposição. A ideia me abateu o espírito, por muito tempo. Joguei fora o livro, deixando apenas aquela página. Ressalto que a obra era, como um todo, desprezível. Aquela página era a única que lhe salvaria todo o conteúdo. Estranhamente, percebi que o destino influencia nossa vivência. Digo isto por uma única razão.

Ao mesmo tempo que me corroía o espírito a vontade de testar a teoria das borboletas, veio-me até em casa um homem. Jamais me esqueceria do semblante daquele que me interpelou. Também não poderia esquecer aquele seu casaco pesado de couro, de um animal que considero jamais ter visto.

Sua face, sem dúvida, não poderia ficar perdida em minhas inúmeras memórias, as incontáveis faces com as quais já topei. Tinha um bigode espesso, três ou quatro dentes em seu maxilar. Seus olhos eram profundos e estavam ligeiramente inchados, como quem há tempos não dorme. Sua cabeça brilhava, devido à falta de cabelo, o que me fez questioná-lo se usava algum óleo ou gordura animal para dar fulgor à sua careca.

Respondeu-me negativamente, com voz rouca e entrecortada por suspiros e constante tosse. Nesse momento, percebi sua doença, mas ainda não sabia do que exatamente se tratava. Pus-me a questioná-lo quanto a isso, mas era impossível responder algo que pudesse eu entender, já que seu estado crítico comprometia gravemente sua alocução.

— Que deseja homem? — questionei-lhe.

— *Gast far anous thincai*! — respondeu.

Espero que você entenda que eu não compreendia nada que aquele ser dizia. Para mim, suas palavras não passavam de gemidos.

— Por que veio até minha casa?

A mesma resposta, entrecortada pela tosse. Percebi que deveria desistir de questioná-lo. Contentei-me em ficar sem resposta para minhas dúvidas. Estava assustado com a ideia de tudo aquilo poder ser contagioso.

Logo tais pensamentos se esvaíram de minha mente. Estava entretido com aquela página encontrada no livro que a senhora me dera, de modo que queria a todo custo voltar minha atenção somente àquilo. No entanto, percebi que o homem trazia consigo esplêndido exemplar, uma obra à qual eu, há muito, procurava. Trazia consigo *Rolos, Tolos e Outros*, de Gianginne Chuíran, um amigo sobre o qual Kirsten certa vez relatou ter conhecido, obrigando-me a dar-lhe um pouco mais de atenção. Aqui chegando, me vejo obrigado a contar resumidamente quem era Chuíran e do que se trata sua incomparável obra-prima. Relatarei do mesmo modo como instruiu-me, meu saudoso mestre:

"Gianginne Chuíran era senhor astuto, de idade bem avançada. Era conhecido devido a sua argúcia na arte de caçar borboletas e mariposas, a que devia sua grande fama. Tive a oportunidade de conhecê-lo quando viajava até o leste, em minha incessante busca pelo conhecimento oriental, que na época alcançava algum prestígio no ocidente. Eu era um garoto, não deveria possuir mais do que 15 ou 16 anos, na época. Certo dia, levado pela falta do que fazer, resolvi fazer uma viagem até o Oriente, sempre ouvira falar ser um lugar de mistérios cabulosos. Muito tolo, estava eu na contagem exata de 987.345 passos, desde a saída diante da porta de minha casa, quando ao longe percebi um homem, ou algo do tipo, fazendo grande esforço para capturar uma borboleta rosada, certamente rara naquela época do ano.

Quando alcancei a marca de 987.447 passos, vi-me diante dele, sofrendo eu então uma crise de empolgação, que me fez perder a conta das minhas passadas dali para frente. Desmesurada era minha admiração e alegria, por estar face a face com esse ser digno da mais pura e indiscreta menção. Na verdade, fiquei tão eufórico que acabei passando mal e desmaiando.

Acordei e vi que minha falta de maturidade, ou ao menos auto-controle, me fez perder a chance de conhecer aquele ícone da época. Somente me deixou a lembrança de sua corcunda, que evidenciava uma baixa estatura. Sua pele morena, já sofrida pelos muitos anos de contato direto com o sol, pois nunca ouvira falar ou soubera a fun-cionalidade de uma camisa, e sua cabeleira enrolada, completamente empoeirada e certamente não muito elegante".

Depois de passados muitos anos, desde que Kirsten me contou tudo isso, chega esse homem com a obra de Chuíran, para minha mais completa alegria. Percebi, logo de cara, que era uma completa abordagem sobre o exercício da caça de borboletas. Devo ressaltar, inclusive, que foi uma das poucas alegrias que tive em toda minha vida. Pena que jamais li *Rolos, Tolos e Outros*, pois, logo após a saída daquele que a trouxe, usei-a para acender uma fogueira e assar um coelho.

No entanto, aquele homem fez-me lembrar que Chuíran ainda vivia. Não poderia agir de outro modo: resolvi sair em busca do velho conhecido de Kirsten, com a certeza de que ele, esplêndido caçador de borboletas, dar-me-ia seu consentimento quanto ao uso dessas na precisão do clima. Kirsten o caracterizara para mim, como acabo de contar. Com isto, tinha absoluta certeza de poder reconhecê-lo facilmente, quando o visse.

Saí de casa já tarde. Perdi meu cochilo das três horas, porém acreditava que minha viagem tinha um motivo mais valioso do que o sono. Ouvi falar que Gianginne vivia em Hamburgo. Alguns diziam morar em Stuttgart, e outros diziam que Trier, Augsburg, Hannover, enfim, parecia viver em muitos lugares, cada um por pouco tempo. Seria uma longa e difícil viagem. Não entrarei em minúcias quanto a como tudo se sucedeu, mas deixo desde já certo que viajei por dois anos inteiros, em lugares inóspitos e agradáveis. Perguntei a muitos sobre seu paradeiro, mas poucos tinham conhecimento em relação a quem era Gianginne Chuíran. Ou seja, voltei para casa sem encontrá-lo.

Pela centésima primeira vez, estava decepcionado. Agora, de maneira mais séria. Não conseguia comer nem beber. Não podia dormir, não queria sair de casa. Estava muito abatido e triste. Constantemente, questionava-me o porquê de tudo sempre ir de encontro às minhas vontades e necessidades.

Ainda que tivesse a certeza de que meu mestre dizia a verdade quando afirmou ter conhecido Gianginne, não o pude encontrar, apesar dos numerosos esforços que fiz para tanto. Imaginei que talvez tivesse morrido ou que estivesse em algumas de suas longas viagens, as quais sempre levava anos para regressar.

Se assim fosse, eu teria de aguardar pelo menos alguns meses, para pensar em novamente ir à sua procura. Assim resolvi fazer. Acreditei que seria melhor aguardar o tempo necessário para encontrá-lo e, juntos, resolvermos o mistério das borboletas. Estava tão convicto de minha decisão, que nem me dispus a tentar imaginar a veracidade daquela página encontrada no livro da velha senhora. Chuíran seria a única pessoa capaz de testificar tudo aquilo, pensava eu.

Passados apenas alguns dias de minha decisão de aguardar a volta de Chuíran, desisti da espera e pus-me novamente a tentar encontrar sozinho acepção clara para tudo aquilo. Achava demasiado absurdo que a análise do comportamento de uma borboleta fosse suficiente ou capaz para se realizar uma previsão precisa do tempo.

De todo modo, ainda que maltratasse minha cabeça, por vezes acreditando que eu era um idiota inútil e incapaz, não pude encontrar um fundo de razão nas palavras daquela página. Todos os detalhes daquela escrita alemã eram demasiado fantasiosos e contraditórios, fazendo-me questionar: não seria aquela uma brincadeira da velha senhora? Não estaria ela tentando fazer-me de bobo, sabendo que eu era um homem curioso e bem informado, que não sossegaria enquanto não tivesse certeza da veracidade daquelas palavras?

O sentimento e a ideia de que aquela senhora, tão pura e bondosa para comigo, poderia estar tentando enganar-me eram, às vezes, combatidos por minha razão. Porém, de tanto pensar, acabei por acreditar firmemente que tudo aquilo era uma espécie de chacota, praticada pela velha. Tive então a certeza de que deveria ir até sua casa e tomar satisfação diante da situação.

Voltei à sua morada, onde gentilmente me dera o livro de poemas e uma sopa. Sabendo que ela me pedira para relatar o que aprendera com a obra, pensei ser aquela uma desculpa perfeita para ir a seu encontro sem levantar suspeitas. Enquanto lhe falava o que havia me sido de útil no livro, acabaria por expor seu plano maquiavélico evidenciando, de uma vez por todas, que eu não era um homem que poderia ser tão facilmente enganado.

No entanto, quando cheguei aonde ficava sua morada, nada encontrei. A casa havia sido demolida. Jamais soube o motivo. Nunca mais me encontrei com a senhora, que, me disseram depois, ter-se mudado para longe.

Capítulo 20

— E não mais encontrou a senhora? — perguntou Saymon.

— Nunca mais a vi ou ouvi falar de sua existência. Por vezes me disseram que nenhuma senhora havia morado naquele lugar e que jamais havia tido uma casa edificada ali.

— E não achou tudo isso muito estranho?

— Muitíssimo! Fiquei alarmado com a situação.

A cada nova história que Friederich relatava, ficava mais forte a evidência de que era louco.

— Meu amigo, Estrotoratch.

— Sim, Saymon.

— Disse que tinha consigo a página retirada do livro de poemas, a qual detalhava a possibilidade de antever o tempo mediante a análise do comportamento das borboletas, não é?

— Sim, foi exatamente o que acabei de lhe dizer.

— Pois bem! Poderia me mostrar tal página? Fiquei curioso com tudo isso!

Uma gota de suor escorria pela testa enrugada de Estrotoratch.

— Infelizmente isso não é possível, caro Saymon. Todos esses fatos se passaram há muito tempo, já não mais possuo tal página.

— Compreendo — disse Saymon, tentando dissimular sua descrença, em tudo o que seu amigo lhe dissera.

Obviamente, Saymon adquiria a cada instante maior certeza quanto à loucura de Estrotoratch. Tudo o que seu amigo relatara até então possuía muito mais fantasias do que fatos consumados. A confiança com que Friederich falava tornara ainda mais clara a acepção de que os loucos não conhecem sua loucura e que creem firmemente que tudo o que dizem trata-se da mais completa e sincera veracidade.

Se assim fosse, Estro apresentava sinais claros de esquizofrenia. Tal possibilidade tornava-se quase uma certeza na mente de Saymon, que já não mais sabia como agir em relação ao amigo. Por vezes, sentia pena do pobre homem, em outras sentia estar sendo enganado, talvez até mesmo de maneira intencional. Decidiu fazer o que de melhor seria possível: manter-se em silêncio e continuar a escutar o amigo.

— Acredito que seja melhor eu continuar a história — disse Estrotoratch.

— Sim, deve continuar, caro Friederich.

— Pois bem, continuo daqui.

Os acontecimentos relativos à velha senhora por muito tempo deixaram-me pensativo, porém não demorei para conformar-me com tudo aquilo. Muitos fatos estranhos passavam-se comigo, de modo que resolvi não deixá-los atrapalhar-me. Assim, continuei com minha rotina, durante certo tempo, até que um evento em particular ocorreu.

Os primeiros raios solares mal chegavam à terra, naquele dia nublado, daqueles em que parecemos estar sob a forte intervenção de sombras montanhosas, que assolam nossa vivência, que fazem dos dias um enorme martírio. Porém, ainda com dias contados e unhas quebradiças, relembro certa época, em que me pus a cobiçar uma moçoila, muito tempo depois de ter afogado minhas mágoas com Rosamund. Era ainda garoto, pequeno estrupício na arte do amor, também chamado por Fritz de "Correria dos Sem-Perna".

Dessarte, com minha mão entre os dentes, para evitar tremedeiras desnecessárias, fui até a casa de uma garota, formosa, mas de cabelo feito ninho de fradinho. Recordo-me bem da sua graciosa maneira de falar e do seu sorriso feito derreter de vela. Usava vestimentas estranhas, talvez feitas de algum quadrúpede de além-norte, o qual até hoje desconheço.

Cheguei à frente de sua casa, local onde marcamos de nos encontrar. Não havia ninguém nas proximidades. A garota vivia em um pântano, muito comum naquela região acidentada e fortemente assolada por tempestades e ventos do oriente. Gritei em código algumas dezenas de vezes, como havíamos combinado ser a única maneira de ela saber que quem a chamava era eu, e não outro homem, já que ela costumava ter encontro com vários rapazes, alguns muito mais bem dotados do que eu.

Creio que estive sempre voltado a me interessar e me relacionar com garotas dessa condição. Talvez seja um de meus maiores defeitos, que jamais pude, apesar de esforço extenuo, combater eficientemente. Acontece que, tendo chegado à contagem exata de vinte e oito chamados em código, abriu a janela, me convidando para entrar em sua morada. Ao pôr o primeiro pé diante da porta, percebi que corria risco de vida, já que a casa, ao menor balanço que sofresse, poderia ruir e me esmagar entre os destroços. Mas nada disso me impediu de entrar, afinal queria muito me engajar com a moçoila. Percebi, logo de início, enorme espada de aço, muito bem forjada, que se mantinha firme em uma das paredes daquela choça. Lembro-me de ter-me questionado a finalidade de uma arma daquelas na morada de uma jovem mulher. Tentei iniciar uma breve conversa, para ser cortês e diminuir a ansiedade e o medo que me esgotavam.

— Qual seu nome, honorável dama? — perguntei.

— Lydia — respondeu-me.

— Belíssimo nome. Faz-me relembrar certa vez em que meu amigo teimava em apanhar frutas de uma árvore muito alta. Repreendi-o para que não tentasse, já que correria risco de cair...

Não terminei meu relato, pois a garota deu de costas e acendeu o fogo, talvez para preparar algo que pudéssemos comer. Percebi, depois, que era por precaução. Eu tinha receio do que prepararia, já que, vivendo em um pântano, não possuía grande variedade de alimentos. Custou-lhe acender pequena chama, então a auxiliei na tarefa. Agradeceu com um simpático sorriso, que quase fez-me cair em amor pela donzela.

— Parece ter uma habilidade incomum com o fogo — disse-me.

— Impressão sua. Na verdade, foram muito poucas as vezes em que fiz uso de alguma chama.

— Pois está desperdiçando uma habilidade nata.

— Não poderia concordar totalmente, mas talvez o possa em partes — respondi.

— Por que em partes? — perguntou, enquanto rearranjava a lenha para aumentar o lume.

— Porque certa vez cultivei uma chama, a qual pensei que nada nem ninguém poderia apagar, mas, no final das contas, a pessoa por quem cultivava tamanho calor foi a responsável por jogar-me um balde de água fria.

— Compreendo. Pelo visto esteve apaixonado.

— Sim, estive.

— E não está mais? — perguntou demonstrando certo interesse pelo assunto, o que me animou diante da ideia de talvez conhecê--la melhor.

— Não, não estou. Há muito me foram cortadas as raízes que me prendiam àquela pessoa.

Não mais me respondeu, voltando sua atenção somente no fogo, que ardia e estalava a lenha seca, já quente o suficiente para iniciar o cozimento, seja lá do que fosse. Contudo, acabando de entrar não fazia nem trinta minutos, ouvi uma série de gritos em linguagem bruta, composta por muitas consoantes. Percebi que a garota contava com exatidão os chamados. Após certo número deles, abriu a janela e vi entrar outro rapaz. Esse era membro do grupo Mutrinig, conhecidos como comedores de ratos. Assustei-me, pensando em fugir dali o mais rápido possível.

Acredito que você não os conheça, caro Saymon, pois, no momento de sua existência, você ainda não podia dispor-se sobre duas pernas. O grupo Mutrinig era composto por mais de uma centena de membros, todos muito temidos na região. Ouviam-se rumores de que era formado por sete ou oito castas distintas e que, para alcançar as castas superiores, eram enviados em pequenas missões, com os mais diversos objetivos. Quase todos tratavam de trazer a dor e a discórdia, considerados os únicos caminhos realmente eficientes para atingirem as mais altas castas.

Percebendo que o rapaz vinha em minha direção, logo me coloquei a pensar em voz alta, dando gritos inconscientes e agarrando a enorme espada que cintilava pendurada na parede. Assustou-se então, pondo-se a correr em alta velocidade, acabando por tropeçar numa pedra e estrepar-se numa estaca, a alguns metros da casa. Nesse momento, me senti reconfortado e muito alegre, mas meu entusiasmo durou pouco, já que, com meu desespero, também fugiu a rapariga, deixando-me sozinho naquele local sombrio.

Em pouco tempo, surgiram dezessete homens armados com lanças. Enquanto eu tremia incontrolavelmente, reconheci entre eles um ser, o qual pensei nunca mais rever enquanto vivesse. O medo tornou-se ódio, depois desânimo, sensação de fracasso e finalmente voltou ao medo. Em minha frente, encontrava-se ninguém mais, ninguém menos, do que o capitão Dirck. Usava roupas típicas de habitantes da África, com peles de leopardo e leão. Estava muito maior do que quando o vi pela última vez, no dia em que Kirsten morreu. Talvez tivesse engordado ou se tornado mais forte, não saberia dizer ao certo. Tinha o rosto liso, sem barba nem bigode. Um crânio, de pequeno animal, pendia em seu pescoço, como um colar rupestre.

Os homens que o acompanhavam também se vestiam assim, apenas diferenciando-lhes a falta do estranho colar.

Seria impossível não sentir raiva. Johan havia já buscado Dirck e, até onde sabia, lhe havia tirado a vida. Como que em um pesadelo, voltava a viver e vinha em direção a meu esconderijo, como se pudesse sentir meu cheiro ou ouvir minha ofegante, porém controlada, respiração. Certamente tornara-se o líder daquela pequena tropa.

Entraram e vasculharam o local de cabo a rabo. Havia eu subido até o teto da cabana, me embrenhado entre a ramaria que entrava pelo telhado quebrado. Não me descobririam, se eu não tivesse sido vítima de uma série de tossidos altos e incontroláveis. Acredito que o clima pantanoso tenha sido o culpado pela minha tosse e consequente descoberta.

Dois homens foram necessários para me apanharem. Tentei escapar, fazendo uso de minha agilidade, porém foi em vão. Os que me perseguiam eram mais jovens e fortes, assim conseguiram me capturar. Dirck fez-me sentar rudemente em uma cadeira muito malfeita.

— Ora, ora! Não esperava encontrar aqui um antigo conhecido! Friederich Estrotoratch! Que faz na cabana de uma desertora? — perguntou-me Dirck, com seu sotaque francês inconfundível.

— Não tenho nada a lhe dizer, seu assassino! Pensei ter Fritz se vingado de você tempos atrás, mas vejo que estava enganado. Porém, de hoje não escapará! — disse-lhe. Nem mesmo deu atenção às minhas palavras. E quem daria? Estava sozinho, amarrado, e em minha presença estavam dezessete homens armados. Como poderia ameaçar o capitão, líder de uma casta de desonrados seres?

— Johan Fritz! Aquele maltrapilho que matou meu companheiro Rhazt! Como poderia me esquecer dele? Afinal, foram essas mesmas mãos que agora vê que lhe enfiaram um punhal. Não pude vê-lo morrer, mas tenho quase certeza que sua vida não se estendeu muito mais além daquele dia!

Nesse momento, precipitou-se sobre mim uma raiva descomunal. Mal podia controlar, tamanha era a vontade de esmagar aquele maldito ser, com minhas próprias mãos. Havia sido ele quem matara a Johan. Ele era culpado pela morte de meus dois maiores amigos!

— Pela sua exaltação, acredito que o pobre coitado realmente tenha morrido, não é mesmo?

Não tive a conveniência de responder-lhe. Abateu-me enorme tristeza, repentinamente. A lembrança de Fritz, morrendo em meus braços, quase me levou às lágrimas naquele instante. Todas as vezes que me recordava de meu amigo, perdia a compostura e tornava-me um ser pensativo, como se estivesse perdido em outro mundo.

Deixaram-me amarrado por alguns minutos, enquanto discutiam o que fariam de mim. Tinha certeza que morreria, só não sabia como e quando. Talvez me torturassem ou coisa pior. Precisava fugir, mas não tinha a menor ideia de como proceder.

Foi então que um fato completamente inesperado ocorreu. Lydia passou pela janela, onde momentos antes eu havia entrado. Tinha uma tocha nas mãos. O que faria? Em menos de quinze minutos, a cabana estava em chamas. Sempre soube que o grupo Mutrinig sofria forte receio de fogo. Lydia também sabia. Correram todos os dezessete homens, inclusive Dirck, para fora da cabana. Estava salvo, momentaneamente. Logo o fogo se alastrou e, estando eu amarrado, percebi que morreria queimado.

Triste fim seria aquele para um homem como eu! Estava prestes a chorar quando a garota entrou na casa e, com um canivete, pôs-me em liberdade.

— Obrigado, belíssima dama — disse-lhe já longe de sua morada e ainda com esperanças de engajar-me com ela. Pensei em um discurso de agradecimento, relatando-lhe minhas muitas aventuras pelos mais longínquos lugares. Sabia que as mulheres se interessavam por tais peripécias. No entanto, nem tive chance de iniciar a narrativa.

— Não me agradeça — disse. — Te soltei, única e exclusivamente, porque precisava de sua ajuda. Também foi esse o único motivo pelo qual o convidei para vir até minha casa.

Foi a primeira vez que reparei em sua voz. Era mansa, amena, reconfortante. Deixou claro que nada queria comigo, senão minha ajuda. Era uma mulher interesseira, como muitas mais que tinha encontrado em minha precária existência.

— E para que precisava de minha ajuda?

— Para caçar os Mutrinig, mas não importa mais. Dirck fugiu com seu bando. Jamais o pegaremos — respondeu.

— Receio ter de concordar, Lydia. Uma vez, um de meus amigos perseguiu esse grotesco ser e considerava já tê-lo matado tempos atrás. Enganei-me, no entanto.

— E por que perseguira Dirck?

— Porque essa destrutiva criatura matou meu mestre, capturou minha família e depois assassinou seu perseguidor, meu melhor amigo! — falei.

— Também a meu pai! — acrescentou Lydia, com voz emocionada. Pensei que iniciaria forte choro, mas manteve-se firme. Eu, no entanto, chorei ao lembrar-me de Kirsten. Lydia era mais forte do que eu.

— Você foi o culpado pelo fracasso! — disse-me, já zangada e quase fora de controle. Temi seriamente que me batesse, pois seu tom de voz mudara completamente. Era agora agressivo, duro, forte.

— Eu? Por quê? — perguntei assustado, enquanto enxugava minhas lágrimas.

— Porque gritou feito uma criança, empunhando a espada de meu pai. Desse modo, acabou assustando o homem que seria nosso guia até o encontro com Dirck. O coitado se estrepou em uma estaca por sua culpa! — disse.

Percebi que, mais uma vez, havia causado mais danos do que reparos, porém não me arrependi. A garota pensava em usar-me, e eu não consideraria jamais que o capitão ainda vivesse.

— Então acredita que não mais poderemos capturar Dirck? — perguntei-lhe.

— Tenho certeza.

— Pois então, vou-me embora! Buscá-lo-ei até o fim do mundo, se necessário. Farei pagar por Kirsten, por Fritz e por seu pai.

Pensei, por alguns instantes, que Lydia havia admirado a confiança com que eu proferia essa última frase, porém, no mesmo instante, foi-se dali. Nem mesmo se despediu. Percebi o meu pacato destino, ao qual jamais poderia me opor. Havia eu nascido para viver só, fosse por escolha minha ou não. Sou um lobo solitário, que procura abrigo em sua própria mente. É essa a minha realidade, dura, talvez triste, mas seguramente verdadeira. Cheguei à casa quando o relógio denunciava dez para as quinze. Alimentei minhas lebres e atrasei-me para o cochilo das quinze horas em dez minutos. Aquilo me chateou momentaneamente. Você talvez se pergunte por que não convidei Lydia para irmos em busca de Dirck. Eu mesmo darei a resposta, antes que se enraiveça comigo.

Nunca confiei em Lydia. Perdi qualquer tipo de confiança nela quando reparei que, alguns minutos mais em sua presença, me fariam ficar apaixonado. A ideia de o capitão ainda viver me malhava a cabeça constantemente, logo após tê-lo visto, mas não poderia, de nenhum modo, terminar minha vingança com a ajuda daquela garota.

Agora, você pode ver que meu amigo morreu pelas mãos daquele que perseguia. Costumo dizer que tudo em minha vida aconteceu de modo muito embaralhado, quase sempre fora de seu tempo, por isso talvez tenha alguma dificuldade em entender os fatos. Esses mesmos fatos, por si só, deixarão claro algo: vivo uma vida de inúmeras tragédias, desconsolos e arrependimentos. Meus sorrisos sempre foram raros, e receio que para sempre assim ainda seja.

Capítulo 21

Não conseguia pensar em mais nada, senão em ir de encontro a Dirck e acabar de uma vez por todas com a raça daquele odioso ser. Porém, desanimava-me o pensamento de que estava sozinho em tal empreitada. Questionava-me se era verdadeiramente capaz de realizá-la, sem qualquer auxílio. Foi mergulhado em tais pensamentos que tive a ideia de sair de casa, pensando em contratar alguém que topasse tomar empreita em uma justa vingança.

Era um dia de sábado. Seria inútil descrever como acordei naquele dia e o que fiz durante todas as horas que se passavam, até abordarem as quinze horas. Nesse horário, já sabe o que fiz: dormi. Acordei sobressaltado, pois tive um sonho pouco agradável. Jamais foi comum que eu saísse àquela hora, pois a noite se aproximava, e eu raramente metia-me na escuridão a caminhar.

Naquele dia, porém, algo me avocou a essa ideia, e eu a aceitei de bom grado. Nunca fui homem de contrariar meu instinto. É esse um grave erro de muitos. Pela estrada, encontrei dois rapazes os quais jamais havia visto. Olharam-me de maneira estranha, encarada. Não lhes dei muita atenção à primeira vista e continuei minha caminhada, até abordar uma aldeola, muito próxima de casa. Muitas vezes lá tinha ido. Não era a mesma onde se passaram ocorridos já relatados, pois naquela eu jamais pus meus pés novamente. Era uma aldeia menor, um pequeno vilarejo.

Para meu espanto, lá chegavam eles, aqueles mesmos garotos que encontrei pouco antes na estrada. O que estavam fazendo ali?

Estavam me seguindo? Isso me fez aumentar a cautela, pois julguei que poderiam estar à minha procura. Havia razões para crer nisso, passado o acontecimento já narrado com Lydia. Pus-me a observá-los. O que parecia é que estavam sem nada para fazer. Chegaram, sentaram-se em um banco vazio, após alimentarem-se muito bem, com fartura, em frente ao que parecia ser uma taverna.

Com uma agilidade pouco comum, embrenhei-me por cima de uma árvore, que pouco se distanciava do local. Uma garota veio, parecia conhecer um dos rapazes. Usava um vestido simples de cor escura e estava bem produzida, como quem estava em busca de um amor repentino. Tinha cabelos morenos, olhar encantador, estatura média e voz muito calma.

— Eu te conheço, eu te conheço — proferiu, como quem não sabia o que dizer, e após beijar os dois na face, acrescentou:— Estarei de volta em breve.

Logo percebi que não poderia estar enganado: eram espiões. Tratavam um ao outro por nomes estranhos e estavam ali talvez a serviço dos Mutrinig, apesar de não se vestirem como representantes do grupo, o que reforçava minha ideia de que estavam ali secretamente. Vinham à minha caça, não tinha dúvidas.

Dos dois garotos, um era mais baixo e era chamado Egbert. Usava blusa vermelha, calça azul e sapato simples, comum para a época. Não possuía gorro, deixava os cabelos ao ar livre, como quem gosta dos fios balançando com o leve vento que soprava naquela tarde, quase noite. O outro, pouco maior e talvez um ou dois anos mais velho, chamava-se Manfried. Usava veste azul, por completo. Seus sapatos eram pouco diferentes de seu companheiro, mais parecidos com uma botina comumente utilizada pelos jovens burgueses. Também não possuía gorro. Talvez pertencessem a uma casta diferente daquela com a qual me encontrara, já que suas vestimentas eram completamente dessemelhantes.

— É a sua vez Egbert, deve tentar aquilo — disse Manfried, até que seu possível amigo ficasse irritado.

"Aquilo". Certamente referia-se a mim. Provavelmente me procurariam, me encontrariam e sabe-se lá o que seria de mim. Porém, saíram dali pulando e gritando. Acredito que não se lembravam ou não se importavam se a garota voltaria. A verdade é que me espantava o modo como agiam. Pareciam, às vezes, embriagados, sob forte efeito do álcool, mas não estavam bêbados.

Pouco depois, a garota que os beijara na face passou novamente pelo local onde estavam sentados. Fumava um charuto, algo que me fez aborminá-la no mesmo instante. Enquanto passava por ali, ela certamente parecia tentar compreender o motivo de Manfried não ter permanecido no local onde antes se encontraram e que ela prometera regressar. Nesse momento, eu estava mais confuso do que nunca, mas não tirava os olhos dos rapazes e da garota. Quase caí da árvore duas ou três vezes.

Pareceu-me que os dois ficaram abismados por terem saído do local. Porém, logo se sentaram em outro lugar, cuja visibilidade era muito maior. O semblante dos rapazes era de desânimo. Atencioso em suas conversas, percebi que Egbert chamava a garota do charuto de Vera. Pouco depois, ela chegou acompanhada de outra garota, que, pelo pouco que escutara, chamava-se Brigitta.

Vera permaneceu de pé, conversando com Egbert. Brigitta sentou-se para prosear com Manfried. Após alguns segundos, Egbert e Vera começam a se beijar, para meu total espanto e queda da árvore. Não me viram, por uma sorte que eu jamais consideraria ter. Manfried pareceu não perceber o que Vera e Egbert acabavam de iniciar. Jamais presenciara atitude tão extravagante. Seriam torturados caso a Igreja os descobrisse, sem dúvida alguma.

Brigitta fazia algumas perguntas a Manfried, demonstrando um interesse aparentemente fingido:

— Onde mora? Por que decidiu passar o K61 por aqui?

O que seria K61? Estariam tramando contra mim? Cheguei a pensar que tudo não passava de encenação para me capturar, mas lembrei-me de que aquele vilarejo era bem conhecido por seus habitantes libidinosos e incoerentes. Após me acalmar, sobrava-me a curiosidade, nem tive tempo de ouvir o resto da conversa, pois Brigitta demonstrou ter o caráter tão corrompido quanto o de Vera, ou até mais. Olhou para o outro "casal" se osculando e lançou uma pergunta vaga a Manfried:

— Você quer?

Egbert, parecendo entender a pergunta e as intenções de Brigitta, respondeu passivamente:

— Quero.

Então começaram o mesmo que Vera e Egbert. Aquilo foi demais para mim. Mesmo ainda suspeitando de que fosse farsa, aquela cena estava se tornando insuportável de assistir, de modo que quase interferi em tudo e arrisquei que me descobrissem. Porém, mantive a bonança, com um esforço a todos inimaginável. Apesar de ter durado aproximadamente dois minutos, tudo aquilo me pareceu uma eternidade.

Após o ocorrido, Egbert e Manfried continuaram onde estavam, atônitos e surpresos com o que acabara de acontecer, fato que me confundiu ainda mais, pois estava quase certo de que tudo não passava de encenação, na tentativa de manterem seus disfarces e me capturarem. Assim como eu, pareciam não esperar aquela atitude das duas garotas. Jamais havia sequer ouvido falar de algo parecido com isso que aqui lhe exponho. Contudo, como se não fosse suficiente, chegara outro rapaz.

— Olá! Tudo bem? — disse a Manfried articulando as palavras de modo a deixar claro certo interesse. Talvez quisesse o mesmo que Brigitta quis instantes antes. Deixo claro que, se tal episódio se repetisse, entre Manfried e aquele homem, eu desceria da árvore e colocaria fim a todo aquele mistério.

— Okay — respondeu Manfried de maneira desagradável e abrupta. Sem dúvida seria a melhor resposta possível para a situação. Ainda permaneciam no local. O passar do tempo me intrigava cada vez mais. A curiosidade em mim despertada começava a ficar incontrolável.

Então, possivelmente um dos maiores anseios de todos os homens que já viveram neste planeta foi expresso de uma forma depressiva e descontente por outro rapaz desconhecido. Por que todos estavam passando naquele local e se comunicando com os dois garotos? Ele interpelou os dois com a incógnita:

— Será que ela vai me querer? — palavras puras e simples. Deixava a clara sensação de dúvida com sua pergunta.

— Depende — foi a resposta que recebeu, saindo de cabeça baixa e desiludido com a situação.

Somente um sentido eu encontrava para perguntas tão estranhas e sem nexo: eram um código de comunicação. Todos aqueles que descrevo pertenciam ao grupo Mutrinig, não poderia ser diferente. É necessário também informar que alguns músicos tocavam e cantavam na aldeia. Faziam uso de tambores, flautas e bandolins.

Não saberia dizer, por mais que me esforçasse, como podia ser tão desagradável o ritmo por eles apresentado ao público. Minha atenção estava voltada para os rapazes, só depois da passagem do rapaz desconhecido percebi que a aldeia já estava cheia de pessoas. Em cima da árvore, milhares de questões passavam pela minha cabeça. Tive vontade imensa de satisfazer minhas necessidades naturais, porém suportei para um bem maior.

Após alguns minutos, as raparigas voltaram, dessa vez apenas passaram por eles, e Vera fez uma pergunta que, depois de respondida, acabou com as peripécias entre eles naquela noite.

— Vocês consomem bebida alcoólica?

— Não — responderam sem hesitar.

— Não acredito — retrucou com um leve sorriso hipócrita, não crendo no que parecia o mais patético à sua evidente pequena visão de vida.

Naquela noite, as duas garotas não voltaram mais. Foram embora Egbert e Manfried. Eu voltei sem as respostas concretas que buscava. Não entendia por que aqueles dois garotos tão jovens vinham atrás de mim. Cogitei uma segunda hipótese: terem sido enviados pela Igreja, porém descartei-a ao relembrar-me de como se atracaram com aquelas garotas. Seria algo muito contraditório. Nada entendi naquele sábado à noite e estava disposto a voltar no dia seguinte, talvez inutilmente e não esperando o que ainda estava por vir.

Não pude dormir. Tudo o que se passara repetia-se, dessa vez em minha mente, dando voltas e mais voltas, alimentadas pela minha imaginação. Quase enlouqueci. Não podia parar de pensar. Amanheceu, e fui até o alto da montanha tratar de minhas lebres. Nem mesmo minha tarefa diária conseguia dispersar os pensamentos que me golpeavam. Às quinze horas, não tirei meu cochilo. Corri até a aldeia e subi na mesma árvore da noite anterior. O céu ameaçava chuva. Esperei que anoitecesse.

Avistei os garotos, mas nada demais fizeram naquela noite, provavelmente devido à chuva. Apenas houve certo movimento entre uma garota e seu companheiro, que agiam infantilmente para um pequeno grupo de pessoas que se encontravam sentadas perto de Egbert e Manfried. Molhava-me muito com a chuva, e sentia forte medo de levar uma descarga elétrica. Kirsten sempre dizia que uma árvore era o pior lugar para se esconder de uma borrasca.

Próximo das vinte e três horas, vi os garotos irem embora com um homem, aparentemente apelidado de Germânico, com mais quatro pessoas dentro de uma carruagem. Não sei se para eles aquela noite teve algum proveito. Para mim, apenas trouxe forte tosse e um sentimento de fracasso. Mas não desistiria. Repetiria na noite seguinte meu plano de observar novamente os garotos.

Na segunda-feira, acordei inquieto. Acalmou-me tomar um belo copo de mel silvestre e alimentar minhas queridas lebres nas montanhas próximas. Logo após regressar, antes de partir àquela aldeia novamente, atrevi-me a interpelar algumas pessoas no caminho e questionei-as sobre a festa daquela aldeia. Descobri que o festival durava quatro dias e que era conhecido como Kelsen, nome de um antigo senhor. Entendi, então, o significado de K61. Referia-se na verdade ao festival Kelsen daquele ano, 1461. Senti certo alívio, pois havia pensado ser um código secreto dos Mutrinig. Porém, ainda não havia descartado a hipótese completamente.

Antes de anoitecer, voltei ao vilarejo e embrenhei-me na mesma árvore. Não demoraram a chegar os rapazes. Foram talvez desenganados pelo fim de sábado. Ouvi comentarem ter recebido boa fortuna poucas horas antes. Seria um pagamento pelos seus serviços? Ainda assim, parecia não ter sido o suficiente para comprarem tudo que pretendiam.

Pegaram alguns petiscos e começaram a devorá-los como animais. Um senhor de meia idade os interrompeu, perguntando a localização mais apropriada para satisfazer suas necessidades naturais. Fora informado com precisão. Então, Egbert foi abordado por uma garota. Não era Vera; pelo que ouvi, quando conversava com Manfried, era amiga de outra garota já osculada por ele. A partir desse momento, minha inquietação começou a crescer novamente. O que havia com os jovens daquela região? Pareciam não se preocupar com a corrupção do próprio caráter moral!

— Vamos, Egbert! — foram palavras daquela rapariga. O falso ânimo que transmitia com essas palavras era notável.

Permaneceram no local, assim como eu. Avistava cada vez mais pessoas, aparentemente conterrâneas de Egbert, pelo que pude ouvir de suas conversas. Os dois estavam sentados, quando foram abordados por uma jovem senhora. Essa eu finalmente conhecia. Era filha de um antigo proprietário rural, com quem algumas vezes conversara. O que estava fazendo ali? Seu pai era chamado de Sr. Tudor.

— Vocês parecem idiotas! Ficam sentados comendo petiscos. Petiscos! Pelo amor de Deus, entrem na multidão, alegrem-se, vamos dançar!

Honrava a elocução demorada e delongada de seu benquisto genitor, Tudor. Meu cérebro desligou, pois havia sido golpeado por mais uma dúvida. O que significava aquilo? Seria a filha de Tudor quem havia contratado aqueles rapazes e agora cobrava que cumprissem sua missão? Por que entrar na multidão? Estaria lá a chave para todo o mistério?

Logo após, uma embriagada mulher sobrepeso passou tocando em suas mãos como em um gesto de vitória. Não entenderam, muito menos eu. Então, para meu espanto e aumento da atenção, Vera e Brigitta por ali passaram, com um cumprimento vazio de Vera a Egbert e a rispidez da outra garota. Repetiriam a cena vulgar de sábado à noite? Eu esperava que não.

Não pararam, não se sentaram, não conversaram e nada mais àquela hora. Para meu desespero, os dois rapazes saíram do local de fácil visibilidade e acessibilidade. Precisei me retirar para acompanhar o decorrer dos fatos. Deram algumas voltas e se sentaram em outra localidade. Não havia árvores no local. Tive de me enturmar e entrar no meio da multidão. Não foi difícil. Quase todos estavam embriagados e dançavam ao som dos músicos, os mesmos de sábado e domingo.

Os rapazes avistaram as gêmeas da família Karp e se espantaram completamente. Até onde sabia, e eles pareciam também saber, os Karp eram forasteiros espanhóis que há pouco tempo se instalaram em uma propriedade em Gotinga. Odiavam praticamente todo tipo de contato humano. Deixavam isso claro naquela noite, pela notável rispidez de suas faces e o modo grosso com que se dirigiam a qualquer um que as interpelassem na multidão.

Egbert e Manfried infiltraram-se na multidão alcoolizada e alheia. Acompanhei-os. Percebi que estavam a observar as raparigas. Egbert, em sua destreza, deslocou-se em direção a elas, sendo segurado por Vera. Foi o suficiente para logo saber o que aconteceria. Conversaram por alguns segundos, e pude ouvir novamente ela dizendo "eu te conheço, eu te conheço" e outra frase enigmática: "vou mostrar-lhe como rachar o cano". Seria mais uma informação em código? Antes que eu pudesse raciocinar sobre a questão, vi os dois beijarem-se novamente. Voltei minha atenção a Manfried.

Manfried avistou Brigitta. A garota vestia-se de maneira assustadora. Acredito que sua tentativa teria sido imitar algum ser de outro mundo, talvez um demônio. Por duas ou três vezes, naquela noite, ouvi ser chamada de capetinha. Acredito que era por menção à sua vestimenta. Quase chorei ao vê-la, pois comecei a conjecturar outra hipótese, que me assombrava e que me custou um joelho, como logo saberá. Ela possuía cabelos morenos, que por vezes pareciam obter certo tom azulado. No entanto, não posso ter certeza dessa informação, pois a distância dificultava minha observação. Certeza que eram curtos e que Brigitta apresentava estatura menor do que Vera. Talvez fosse um ou dois anos mais nova.

Ela nada disse a Manfried. Seu gesto corporal, olhar e sorriso pareciam insinuar que quisesse algo com o rapaz naquele momento. Manfried então beijou-a como havia feito dois dias antes. Após alguns segundos, Brigitta parou em sua frente, e começaram a se atritar de modo excêntrico. Uma senhora e seu marido, assim como eu, ficaram abismados com tamanha vulgaridade. Parecíamos ser as únicas pessoas sensatas naquela multidão. Até o momento, havia pensado diversas vezes em desistir e ir repousar sossegadamente em minha residência, mas sentia que era meu dever entender tudo aquilo, mesmo que custasse minha sanidade mental.

Durante os atos vulgares de Brigitta e Manfried, Vera importunava-a para ir-se com ela, já que parecia ter se separado de Egbert. Após certa insistência, a capetinha por fim foi-se dali. De alguma forma, posteriormente, Brigitta sumiu aos olhos de Vera, que se reencontrou com Egbert para procurá-la. Egbert, porém, parecia estar muito além do desejo de procurar a rapariga. Queria, na verdade, era o maldito ósculo novamente. Dessa vez, estavam em um lugar mais afastado da multidão e da algazarra, mas Vera recusou todas as suas tentativas. Acompanhava eu tudo de perto, sempre garantindo minha segurança sem ser visto por nenhum deles.

— Ela quer ele — Egbert ouviu de Vera, que estava vestida naquela noite de vermelho e azul. Pelo que entendi, disse "Brigitta quer Manfried". O estimado homem, nessa ocasião, corria desenfreado pelas ruas, buscando algo que eu não poderia entender. Não o acompanhei na corrida. Estava fraco demais para tanto. Apenas observei à distância, sem compreender o que se passava em sua cabeça.

Manfried não a encontrou por lá, mas em frente ao palco dos músicos. Cutucou-a. Ela virou e, sem proferir uma palavra, repetiram o anterior, porém de modo prolongado e de forma ainda mais intensa. Manfried avistava as faces de estranhamento das pessoas ao redor, que pareciam surpresas não pelo fato em si, mas por ser ele a realizar aquilo. Ouvia comentários inoportunos, porém sinceros de alguns observantes próximos. Arrepiava-me a hipótese que eu continuava a conjecturar, a qual parecia cada vez mais real. Ficaram ali por aproximadamente quinze minutos, ora osculando-se, ora atritando-se, com a importunação de Vera dizendo a todo o momento:

— Desgrudem-se, desgrudem-se, não estou te reconhecendo, Brigitta! Você não era assim!

Egbert estava perdido na multidão. Tudo estava uma bagunça naquele momento. As pessoas dançavam de modo estranho, algumas se agarrando, outras se batendo, e quase todas dando risada. Não pude acompanhar seus passos, entretido pelas cenas decorrentes com Manfried. Fora eu até ali para descobrir o mistério, porém esse aumentava ainda mais. Brigitta, com a insistência mórbida de Vera, consentiu, após algumas negações, e as meretrizes foram-se.

Apareceu enfim Egbert, decepcionado. Tinha um semblante levemente triste, mas não melancólico. Superou a não ocorrência do que esperava com Vera, tenho certeza, pois logo partiu em busca de outra moçoila. Aquilo tudo estava sendo muito extravagante, por isso peço que me perdoe, caro Saymon, pelo meu relato.

Encontrou facilmente outra garota, a qual, dentre suas conversas, descobri chamar-se Olga. Nesse momento, tive de me distanciar, pois percebi três homens olhando-me friamente. Tinha sido localizado? Talvez, mas não esperei para descobrir. Escondi-me atrás de meia dúzia de barris, distantes, porém ainda com campo de visão para Egbert e suas peripécias.

Conversou com Olga, e o resto se repetiu. Após alguns segundos ou talvez um minuto ou mais, pararam. Olga cumprimentou uma garota, aparentemente sua amiga, com um gesto de vitória. O que significava aquilo? Parecia ter alcançado o que há muito desejava. Pelo que pude observar, não se atritavam de modo vulgar como Brigitta e Manfried. Suspirei de alívio. Ao menos dessa vez fui poupado dessas excentricidades.

De onde estava, pude também ver que Brigitta não se importava em oscular outros rapazes, mesmo tendo estado com Manfried há cinco minutos. Consegui felizmente não me atentar a esse fato. Na verdade, interessavam-me as ações dos dois rapazes. Observava, simultaneamente, Egbert junto de Olga e Manfried pulando alucinadamente ao som das canções, que soavam menos desagradáveis naquele momento.

Em seguida, Egbert separou-se de Olga e demorou pouco até encontrar Manfried. Não pude ouvir o que conversavam, mas estavam visivelmente atônitos com os acontecimentos, pois articulavam as palavras com um sorriso de deleite na face. Não muito tempo depois, a apresentação teve um fim, para minha alegria.

Foram embora em uma carruagem. Pareciam rir. Haviam completado sua missão? Se sim, queria dizer que não estavam à minha procura? Não eram enviados dos Mutrinig? A questão é que tiveram mais sorte do que eu. Suas risadas deixavam claro que a noite havia sido ótima. Não para mim. Não descobri o mistério, nem mesmo obtive a certeza de sua espionagem. Talvez somente estivessem atrás de fácil diversão. Estranha, repugnante e abominável, mas a encontraram.

Após muito refletir, aceitei a conjetura que estava tentando evitar, e lágrimas começaram a escorrer de minha face. Eu havia morrido e estava no inferno. Não haveria outra explicação. A vestimenta de Brigitta comprovava minha hipótese. Também não pude deixar de sentir pena de mim mesmo, afinal, provavelmente veria aquele espetáculo de horrores todo santo dia.

Ainda pior: poderia ser que, com o passar dos dias, tudo aquilo avançasse e eu visse cenas ainda mais aterrorizantes. Cheguei a implorar para que me espancassem, para eu ter certeza de que não estava tendo um sonho vívido. Fiz isso longe da multidão, onde um grupo de rapazes me malhou a meu pedido. Ensanguentado e com um joelho quebrado, pude entender que não era um sonho, tampouco o inferno. Era somente a vulgaridade e a corrupção do caráter humano, que a cada dia parece mais comum nesta era maldita. Entristeci-me, mas não me abati.

Voltei para casa decidido a não mais observá-los, assim não fui ao quarto dia do festival, já que nada mais teria a fazer naquela aldeia. Estava enganado quanto aos rapazes. Não deveria ter me precipitado e posto a observá-los sem motivo realmente relevante. Precipitei-me demasiadamente nessa ocasião. Espero não mais agir dessa forma. Acabei saindo com as calças sujas, um joelho quebrado e lesões por todo o corpo, além de quatro noites de insônia e uma forte tosse, advinda pela chuva de domingo. Jamais vi os rapazes novamente, muito menos as garotas.

Acredito que elas talvez ainda estejam indo até a aldeia e, quem sabe, encontrando-se com Egbert e Manfried. Porém, o mais provável é que se engajem cada dia com um rapaz diferente. Tais episódios fizeram-me lembrar de Rosamund. Penso que todos, Egbert, Manfried, Vera e Brigitta, agiram de maneira vulgar, mas não os julgo. Talvez tenham tido suas próprias razões para tanto. Contudo, creio que jamais poderei perdoá-los pela insônia, pela doença, pelas calças sujas e, de certa forma, pelos ferimentos que a meu corpo proporcionaram.

Capítulo 22

Saymon tinha sobre Estro um olhar de chacota, como quem não havia acreditado em nenhuma das palavras de seu amigo. De fato, não eram confusas as ideias e proposições que acabaram de ser expostas por Friederich? Era, sem dúvidas, um absurdo acreditar que, todos aqueles acontecimentos, incoerentes e aparentemente frutos de uma questionável coincidência, poderiam possuir em seus veios vestígios de veracidade.

De todo modo, Saymon mantinha-se na posição de antes: nada disse a Estrotoratch. Permaneceu em silêncio, como se o convidasse a continuar com suas fantasias, ora merecedoras de atenção, ora motivos de gargalhadas, as quais ele continha com enorme esforço. Já Estro, vendo que seu amigo permanecia quieto, compreendeu que deveria continuar sua história. Era já tarde, o sol lançava seus últimos raios luminosos no horizonte. Então continuou.

Como pode um homem arruinar-se num logradouro que ele não aprecia? Todos exporiam que não há acepção no que digo, porém há. Ignoro quem sou, para onde vou, de onde vim. E, mesmo assim, persisto em viver. Perco-me em aforismos hostis, que acarretam o infortúnio. Não sei o que penso, porém continuo em frente.

Não posso ser apelidado de andarilho, mas a ele muito me assemelho. Rejo a carga debaixo dos braços, na busca de encontrar alguém que a arremate. Semeio ideias, as quais ninguém colhe. Assolo a iniquidade, que meus pais erigiram com seu suor de escravos. Servos de um mundo a qual não pertenço.

Ambiciono adentrar em uma taverna e lá pedir que me sirvam o glorioso mel, que naquela manhã acabou. Fiquei imensamente triste com seu fim. Aspirava, diante de um estado de amargura completa, ascender às alturas e lá gritar com a voz rouca. Mas, consentindo de lado essas minudências de minha vida, devo relatar mais uma aventura, de extrema importância para a procedência dos posteriores acontecimentos.

Apenas uma ideia mantinha em minha mente: a vingança. Não foi fácil descobrir por onde começar e foi aí que conheci um novo amigo chamado Antonin. Guarde bem esse nome, pois foi uma das mais importantes personalidades que já conheci. Tornou-se um amigo e companheiro incomparável.

Caminhava eu em alta velocidade, olhando unicamente para o chão, perdido nos pensamentos. De todo distraído, dei de cara com um homem. Era baixo, narigudo e tinha um olhar afiado. Pensei a princípio tratar-se de um simples homem, trabalhador que, como muitos neste tempo, ralavam para tirar o sustento diário. Usava roupas simples. Tinha o rosto muito vermelho. Pensei que assim se aparentava por estar cansado, mas enganei-me. Percebi, após algum tempo, que era sua coloração natural. Antonin era médico e estava a caminho da China, com o objetivo de instruir-se acerca da medicina oriental. Como era inteligente! Como tinha ideias sábias!

— Alto lá, jovem rapaz! Não observa por onde anda? — reprimiu-me quando nele esbarrei.

— Perdoe-me senhor! Andava distraído e não percebi quem estava à minha frente!

— E por que motivo andava tão perdido? Não sabe que por estas bandas muitos bandidos estão à espreita, apenas esperando encontrar um jovem distraído para tirar-lhe tudo, sobretudo a vida?

Tinha razão. Uma grande casta de malfeitores andava sempre esperando uma vítima fácil. Logo percebi que eu era, talvez, a maior delas.

— Tem razão, senhor! Muito me arrisquei! — disse àquele homem.

Reparei então em sua cabeleira muito grande. Possuía enorme bigode, que cobria grande parte do rosto. Raspava sempre a barba com um canivete, que levava no bolso esquerdo de sua camisa.

— Ainda não me respondeu o motivo de tanta distração! — acrescentou.

— Estou perdido em pensamentos, buscando sair à procura de um ser, ou melhor, de uma besta! Pretendo matá-lo, pois é culpado pela morte de meu bem querido mestre.

— Ora essa! Ainda assim, não deve andar de cabeça baixa por aí!

Não percebeu que o maior motivo para andar de cabeça baixa era a tristeza que me comia a alma.

— Disse que está à procura de uma besta?

— Sim, uma das piores criaturas ainda viventes neste planeta!

— E que animal é esse que o senhor tanto amaldiçoa? Seria um leão que tirou a vida de seu mestre?

— Mil vezes preferiria que fosse, meu senhor. No entanto, a besta a quem me refiro anda sobre duas pernas.

— Ah sim, compreendo. Um homem. Sem dúvida o maior destruidor conhecido. Mas me diga, quem era seu mestre? — perguntou.

— Burk Kirsten.

— O quê? Foi aluno de Burk Kirsten?

— Sim.

— Burk Kirsten de Londres?

— Esse mesmo.

— Pois então me diga quem foi a besta responsável por sua morte! Agora mesmo o ajudarei na procura desse maldito ser!

— O nome de seu assassino é Dirck, líder dos Mutrinig. Diga-me: acaso conhecia Kirsten?

— Sim, eu fui o mestre de Kirsten! Era meu melhor aluno. Não sabe o quanto me dói saber que já não mais vive!

Aquele homem compartilhava de uma dor em comum comigo. Seria verdade? Não estaria tentando me enganar? Se o que dizia estivesse certo, já seria, para mim, motivo suficiente para fazer dele um amigo. E realmente o fiz.

— Verdadeiramente, creio que o Criador o colocou hoje em meu caminho, meu jovem. Sei onde o líder dos Mutrinig está! — disse. Ele é muito conhecido em um país onde há pouco estive. Na China, veneram-no, pois dizem que consegue controlar e ler pensamentos humanos! Algo que ignoro a veracidade.

Fiquei imensamente feliz quando aquele homem me disse onde encontrar o capitão.

— Qual seu nome, rapaz? — perguntou-me.

Antonin falava muito rápido e sem grandes pausas. Algumas vezes era difícil entender com exatidão o que queria dizer. Seu sotaque também não ajudava. Não saberia informar sua nacionalidade, mas acredito que tenha vindo de países mais austrais.

— Meu nome é Friederich Estrotoratch. Permite-me saber o seu, senhor?

— Antonin Huries. Não percamos tempo, vamos nos preparar para sairmos em busca de Dirck.

Levei-o então até minha morada. Antonin devorou, em alguns segundos, toda a comida que possuía, a qual já deve imaginar não ser muita. Não me preocupei com isso. Apenas a ideia de estar na companhia de um ser humano, o qual certamente me seria um amigo, já me trazia enorme prazer e deleite.

Passamos o resto do dia e da noite conversando. Descobri muitas coisas sobre Antonin e passei a admirá-lo ainda naquele dia. Não poderia ser diferente, já que ele havia sido o mestre de meu mestre. Por isso, às vezes o chamava assim. Ele se alegrava com o título que lhe impunha, dizendo que fazia tempo que ninguém o chamava desse modo.

Antonin era um homem extremamente culto, tão informado quanto Kirsten. Não, certamente era mais sábio que meu glorioso mestre. Conhecia diversas línguas, havia corrido o mundo, utilizando-se de todos os meios de transportes imagináveis. Debatia sobre história, geografia, filosofia, matemática. Conhecia todas as artes, como pintura, dança e música. Enfim, tudo o que eu sabia e sei não se compara com o conhecimento que Antonin Huries deixou claro possuir naquele dia. Seu único defeito era a impaciência.

Durante duas semanas, debatemos sobre como procederíamos, que caminho tomaríamos e o que faríamos com Dirck. Foi tudo em vão. Eu estava demasiado ansioso para sair à procura do meu maior inimigo. Antonin explicava tudo com pressa, e eu pouco compreendia. Para não atrasarmos nossa saída, eu fingi que havia entendido seu plano.

Ao fim de quinze dias, estávamos prontos e partimos. Foi minha viagem mais longa até os atuais dias. Também a mais perigosa. Passamos por países desconhecidos, com habitantes hostis. Andamos a pé, a cavalo, burro e de camelo. Certa vez, descemos uma grande montanha em casco de tartaruga, encontrada por Antonin pelo caminho. Com a carne fizemos um ensopado. Com o casco pegamos uma carona.

Em outra ocasião, Antonin recebeu, em seu dedo indicador esquerdo, uma forte pancada, tendo que decepá-lo. Também eu muitas vezes me machuquei. Meu amigo, no entanto, com suas técnicas estranhas, curava todas as minhas doenças. Para salvar-me a vida de uma picada de serpente, certa vez utilizou barro e manjericão. Passava óleo animal com formigas amassadas em cortes, para melhor cicatrização. Enfim, era um gênio da medicina, conhecedor de todas as técnicas utilizadas nesta época e desenvolvedor de muitas outras mais, sem sombra de dúvida.

Após alguns meses de marcha, chegamos a Constantinopla. A cidade ainda não havia sido tomada pelo Império Otomano. Somente algum tempo mais tarde, Maomé II venceria a batalha decisiva, e seu poder passaria aos turcos. Se naquela época tais fatos já tivessem se passado, teríamos imensa dificuldade para irmos até a China, já que teríamos de fazer grande contorno para alcançar a Rota da Seda. Porém, de modo geral, tudo correu bem e chegamos ao nosso destino.

Não seria, entretanto, aquela a viagem que desproveria da face da terra a terrível presença do capitão Dirck. Quando lá chegamos, não o encontramos. Ninguém houve que quisesse nos informar seu paradeiro. Sendo venerado por aquele povo, não me admira que o tenham defendido. Por meses ficamos à sua procura, porém nada encontramos. Decidi voltar para casa, pois estava cansado e sentia-me um imprestável, incapaz de realizar qualquer coisa que um dia começara. Antonin continuou na China, aprimorando suas técnicas medicinais.

Regressei, continuando com minha vida pacata e solitária, agora também sem minhas lebres, que morreram devido à minha ausência. Certo dia Antonin voltou à minha casa. Não quis fazer desfeita com aquele que não possuía um dedo nas mãos. Portanto, senti a obrigação de fazer da pretensão algo palpável. Servi-lhe um copo de mel. Antonin era o único, até hoje, que compartilhava um gosto meu: também mantinha forte gosto por uma xícara de mel. Defendia, inclusive, que o mel era um grande remédio, para muitos males.

Foliei quando o vi entrar pela porta de minha casa e logo após lagrimei. Sim, chorei feito um guri. Ficava muito feliz em rever um amigo, depois de ter perdido tantos. Contudo, desviando-me de tais adágios que remontam minha memória, sujeitarei aqui o que Antonin pretendia ao vir de tão longe até minha humilde morada: encontrara o capitão Dirck e vinha até mim para finalmente matá-lo.

Capítulo 23

Será essa a parte da história em que Estro narra a morte de Dirck. Saymon sabia disso e estava apreensivo com o fato. Desde o início aguardava o desfecho da história, sem compreender ainda por que seu amigo o chamava até sua morada. Já era noite. Passara o dia todo com Friederich, e muitos pensamentos o haviam golpeado a mente. Tinha forte receio de que Estro fosse louco, ou que não passasse de um tremendo mentiroso.

No entanto, naquele momento sua atenção estava voltada unicamente para o desfecho dado ao capitão. Friederich percebeu o aumento expressivo no interesse do rapaz e, por algum momento, achou aquilo muito estranho. Todavia, não se prendeu a esse pensamento e fez uma pequena pausa para tomar um pouco de água. Após um forte suspiro, continuou.

Em meio às relíquias que a civilização presente me legou, está uma que jamais esquecerei. Jazem nesse chão de transtornos as maiores iniquidades existentes, mas há também a maior aspiração de todas: a vontade de instruir-se. Sendo eu um ser passivo de falhas, assim como todos os seres que distingo, jamais cacei o esmero, sabendo que isso se depara muitíssimo ao longe.

Os homens desta era são, de todo modo, desprezíveis. São guarnecidos de ouro, mas revestem-se com limo. Não aproveitam o que lhes foi proporcionado, pelo contrário, rezingam e reclamam. Bestas sem garras, que não esfolam nem põem medo, mas que pelo rugido leva três de cada cinco para a fenda.

Não sabem o que perpetrar, então aguardam. Esperam pelo tempo, que nada traz, mas que tudo leva. Procuram no anátema a cura, no incerto a resposta. Tentam fazer de sua ambição a realidade, sem, com isso, levar em estima o que já está insinuado e que não conseguem notar. Esgotado estou de viver, contemplar a grama e rever sua doce cor de selva. Pintar minha casa, eu não pretendo, nem mesmo me ouso a arriscar. Cubro minha mobília encharcada, para que não estrague. Garimpo em meio à água para de lá não extrair o que não sucinto.

Os que me distinguem sabem que não possuo nenhum patrimônio, a não ser um pé de limão, um par de roupas e um tijolo. Apareço às ruas com meu pé descalço, minha pança vazia e meu coração doente. Vejo, com meus olhos estrábicos, a corrupção dos homens, o maltrato de sangue e a velhice sendo desaproveitada.

Abranjo, mais do que nunca, o porquê das coisas. Vejo o que estava camuflado somente por poeira, inserida por jogadores de cartas. Sigo as bases adequadas, as fantasias futuras e as banais virtudes sendo empalhadas. Deploro as coronhadas, que derramam meu leite, as aquisições de sabão semanais e os baldes que me servem de assento. Vejo casas maiores que minha reflexão, repleta de pessoas com caráter menor que um grão de trigo. Tudo isto muito me desanima, meu amigo.

Proporei aqui o meu diálogo com uma das mais amáveis e fiéis pessoas com quem já topei, dentre esses anos que estou a respirar. Foi alguém importante, porém completamente ignorado. Já foi apresentado antes. Era Antonin. Como dizia, meu amigo regressou uma última vez para que colocássemos um fim à vida de Dirck. Lançou um grito a mim, que na ocasião estava do lado de fora de minha casa, devorando um coelho assado.

— Friederich! Venha cá!

— Quem chama? Não o reconheço! — respondi.

— Até parece que jamais deparou com minha cara deformada antes! Não me reconhece? Não se lembra de mim?

Fiquei alguns instantes a observá-lo melhor. Visualizei-o de cima para baixo, com o intuito de encontrar nele algum atributo que me fizesse recordar de sua face. Quando vi que era manco e não possuía um de seus dedos, recordei-me.

— Ó sim, como me voei! Antonin meu companheiro, entre em meu burgo onde com prazer lhe oferecerei um copo de mel!

Entramos então e lhe dei um copo de mel silvestre e uma porção de coelho assado. Era a única bebida que tinha em minha morada. Ele carregava consigo pequeno artefato de ferro, o qual colocou sobre o fogo em que o coelho assava. Fazia já um bom tempo que não via meu antigo amigo, e o tempo não havia sido muito bondoso com ele. Estava ainda mais velho do que a última vez que o vira. Havia cortado sua grande cabeleira. Disse-me, depois, que assim havia procedido, pois os piolhos não o deixavam em paz. Usava um par de botas furadas nas pontas, e seus dedos ficavam do lado de fora. Usava um manto marrom e um gorro preto sobre a cabeça. Estava, sobretudo, muito magro.

— Mas que bons ventos o trazem aqui, meu bom amigo? — perguntei.

— Venho para terminarmos o que começamos da última vez que nos encontramos.

— Sobre o capitão?

— Exatamente. Sei onde ele está.

— Nesse caso, devemos ir atrás dele agora mesmo! — falei todo empolado com a notícia.

— Acalme-se! Devemos primeiramente elaborar um plano, sem o qual nossa busca acabaria como a anterior.

— Sim, tens razão. O que tens em mente? — perguntei afoito.

— Meu amigo Estrotoratch, recebi informação de que Dirck encontra-se em um pequeno vilarejo a leste daqui. Tomará de nós alguns dias de caminhada. No entanto, o percurso e o tempo necessário para chegarmos lá serão irrelevantes, a menos que Dirck pretenda sair do local.

— Ora, então devemos partir prontamente! Se ele se mudar novamente, não mais o encontraremos!

— Mais uma vez, peço que se acalme, rapaz! Deixe-me terminar.

— Está bem, Antonin. Me perdoe!

— Como eu dizia, o capitão encontra-se em um vilarejo. Pelo que sei, está lá há pelo menos um ano, escondendo-se, provavelmente de nós. Por algum motivo, deve ter detido o conhecimento de que estávamos à sua caça, portanto resolveu afugentar-se em um canto remoto. Por mais complicado e dificultoso que seja o caminho até o pequeno vilarejo, não é nem de longe nosso maior problema.

— Então qual é?

— Nossa maior preocupação deve ser a segurança do local. Não conseguiremos entrar lá sem um bom plano.

— Compreendo. Nesse caso devemos pensar em algo.

— Eu já pensei. Sei exatamente como agir.

— Como faremos então? Não nos deixariam entrar, mesmo que utilizássemos a força bruta — disse extremamente ansioso.

— Sim, e é por isso que entraremos com o consentimento deles!

— O quê? Está louco se pensa que nos deixariam entrar sem pestanejar!

— A nós não, mas, se fôssemos membros dos Mutrinig, nos deixariam entrar pelos portões, sem problemas!

— Certamente, no entanto não somos membros dos Mutrinig.

— Dê-me seu braço — pediu Antonin.

Apreensivo e sem entender a razão pela qual meu amigo me pedia para estender meu braço, atendi à sua vontade. Ele então pegou o artefato de ferro, que havia depositado sobre as chamas de minha fogueira. Olhei-o apreensivo, porém não tive tempo de reação. Antonin pegou o metal, vermelho como brasa, e colocou-o sobre meu antebraço, fazendo-me urrar de dor. Em dois segundos, eu estava marcado com um símbolo estranho, uma espécie de letra M, com dois traços transversais.

— O que está fazendo, Antonin? Acaso enlouqueceu? Por que me queimou dessa maneira?

— A partir deste momento, você é um membro dos Mutrinig. Marquei-o com o símbolo que utilizam no antebraço, de modo que, caso te percebam, pensarão que é um deles.

— Mas e você?

— Eu já estou marcado. Fiz isso há alguns dias.

Mostrou-me sua marca, idêntica àquela que agora eu detinha em meu antebraço direito.

— E, somente com isso, acha que acreditarão que somos membros daquele grupo de maltrapilhos sanguinolentos?

— A mim falta um couro de bode para colocar sobre as costas. A você, falta cortar os cabelos e a barba, de modo que qualquer pessoa que te conheça não saiba que é Friederich Estrotoratch.

Compreendi, naquele momento, a real razão pela qual Antonin havia mudado tão radicalmente sua aparência. Fazia algum tempo que ele havia arquitetado seu plano, veio até minha presença já preparado.

Tratamos então de modificar meu visual. Minha cabelereira, naquela época vasta e cintilante, foi raspada por completo. O mesmo foi feito com minha barba, com exceção de meu bigode. Deixei-o, a pedido de Antonin. Acredito que meu amigo tinha certa afeição por bigodes, por isso me impediu de raspá-lo.

Quando pude contemplar minha aparência, quase não me reconheci. Estava completamente diferente. Qualquer um que tivesse me visto nos últimos trinta e cinco anos de minha existência seria incapaz de dizer que eu era Friederich Estrotoratch. No entanto, decidi que seria preciso fazer um teste antes de arriscar-me a dar de cara com o capitão Dirck. Ele me conhecia desde garoto. Talvez minha nova aparência não pudesse enganar sua velha vista.

Resolvi então fazer um pequeno teste, indo até uma taverna próxima de casa, a mesma que citei quando me encontrei com Peter, rapaz cujo fim fora triste, morrendo ao auxiliar-me no vulcão, à procura de lava. Lá, muitos dos frequentadores me conheciam, assim eu poderia saber se me reconheceriam com o novo visual. Ao mesmo tempo, almejava conseguir uma faca, para cortar um imenso couro de bode que possuía, a única peça que faltava para parecermos verdadeiramente membros dos Mutrinig.

Deixei Antonin em minha morada, descansando de sua longa viagem, e voltei à cidadezinha onde encontrei Peter. Adentrei e logo reconheci todos os homens, quase nas mesmas exatas posições de tempos antes, ainda na expectativa de que alguém lhes pagasse uma bebida. Não pareceram me reconhecer. Se daquela vez o local estava escuro, agora era quase impossível enxergar algo. Apenas uma pequena vela de sebo iluminava todo o espaço. Para mim, tal situação foi favorável, como se verá a seguir. Chamei o dono da casa.

— Senhor, acaso teria uma lâmina qualquer para me emprestar? Em dois dias apenas lhe devolverei a peça, por favor! — disse-lhe.

— Só depois de algumas bebidas.

— E por que preciso antes beber?

— Porque de outro modo não lhe arranjarei nada mais! — falou.

Pedi então a bebida. Eu não possuía sequer uma moeda para pagar. Serviu-me o mesmo vinagre com água de antes. Tenho quase certeza de que era a única bebida da casa.

— Agora pode me emprestar? — perguntei-lhe.

— Ainda não! Antes precisa pagar!

Estava em um beco sem saída. Já tinha percebido que ninguém me reconhecera, até porque o dono da taverna tratava-me como um forasteiro. Talvez por isso me negava o empréstimo da faca. Como poderia arranjar a lâmina sem ter de pedir qualquer coisa mais? Como pagaria qualquer coisa que pedisse estando sem nenhum tostão?

— Nesse caso, sirva-me mais uma bebida e uma dose para cada homem neste boteco, incluindo o senhor!

Uma multidão de pessoas correu até o balcão, ao ouvirem minhas palavras. Foi uma confusão geral. O dono da taverna não sabia a quem servir primeiro, de modo que não pôde ver-me entrar em sua cozinha e apossar-me de uma pequena faca. Corri pelos fundos, com a consciência pesada por cometer um furto, mas consolado pelo bem que faria a todos os homens, sabendo que aquela faca era essencial para pôr fim à vida de uma besta sem coração.

Jamais pude regressar àquela cidade. Matar-me-iam, sem sombra de dúvidas. Mesmo que não possam ter me reconhecido, devido à minha nova aparência, não arrisquei. Alguns dizem que os homens, quando bêbados, enxergam mais do que lhes seria possível. Até hoje, por sorte, jamais precisei pôr minhas pernas naquele local.

Voltei para casa triunfante, tendo obtido êxito em conseguir uma faca. Quando cheguei, Antonin alegrou-se comigo. Ajeitamos o couro de bode, com o qual conseguimos duas vestes. Bastava partirmos até o vilarejo em que o capitão Dirck se encontrava. No entanto, seria impossível sair naquele momento. Uma forte borrasca começou a cair e nos impediu de começarmos nossa viagem.

Como já anoitecia, achamos melhor esperar até a manhã seguinte. Aquela noite foi uma tremenda tortura. Não pude pregar os olhos, por mais que tentasse. Havia duas razões óbvias para tanto: a ansiedade da partida, significando provavelmente que alcançaria minha tão almejada vingança, e a dor que sentia pela queimadura feita por Antonin. Mas, como já se sabe, o dia seguinte haveria de chegar, como sempre acontece desde o início dos tempos, por mais que parecesse demorar uma eternidade para tanto. Ao amanhecer, nos dirigimos para o leste. Antonin parecia pensativo e receoso com o início da viagem. Eu sentia enorme ansiedade. Minha barriga doía, e minha respiração estava ofegante. Por muito tempo, esperei aquela oportunidade.

Dirck tirara de mim tudo o que possuía de mais valioso neste mundo. Naquele momento, nada parecia poder me fazer feliz, senão acabar com a vida daquele odioso ser. Por isso, eu andava depressa, quase correndo, enquanto Antonin ia devagar, como quem não tinha a menor pressa, o que era, para mim, estranho, já que ele sempre se mostrava extremamente inquieto.

— Acalme-se Estrotoratch! De nada adiantará tamanha pressa.

— Como não? E se Dirck sair de lá?

— Ele não sairá tão depressa. Precisamos ter calma e agir prudentemente. Não esqueça que devemos nos passar como membros dos Mutrinig.

Antonin dizia tudo aquilo como se fosse a tarefa mais simples do mundo. Para mim, no entanto, aquilo seria um verdadeiro desafio. Não sabia como poderia me comportar diante desta situação.

Para encurtar a história, gastamos dezessete dias inteiros de viagem para chegar à vista da aldeola. Viajávamos de dia e dormíamos à noite. Antonin passou a viagem toda repreendendo minha pressa, e somente com muito esforço conteve-me para que não entrasse com tudo na pequena aldeia, acabando com o plano.

Minha ansiedade era enorme, havendo momentos em que eu delirava, imaginando estar colocando um fim à vida de Dirck. Meu grande amigo colocava-me nos eixos sempre que isso acontecia.

— Esperaremos pela noite, Estrotoratch, então nos apresentaremos na entrada da aldeola. Conferirão nossos braços e nos perguntarão algumas coisas em uma língua inventada por eles mesmos, para comunicação interna.

— O quê?! Eles têm uma linguagem própria? Como saberemos responder?

— Não se preocupe, eu me encarreguei de aprender a língua desses seres. Apenas aquiete-se, e eu responderei tudo o que disserem.

Sosseguei momentaneamente, ao perceber que Antonin realmente tinha tudo sobre controle. Esperamos até que anoitecesse, o que para mim pareceu ter levado um ano inteiro, quando na verdade se passaram no máximo seis horas. Quando estava escuro o suficiente para que nada pudesse ser avistado, senão as luzes das fogueiras acesas na aldeia, Antonin disse-me:

— Está na hora, Estrotoratch. Sua vingança nunca esteve tão próxima de se tornar realidade. Siga-me e imite-me em tudo o que fizer. Acredito que hoje poderemos desprover a Terra da alma de Dirck!

Nem pude responder-lhe devidamente. Recordo-me somente de ter seguido Antonin, partindo em direção à aldeola. Meu coração pulsava, como poucas vezes em minha pacata existência havia acontecido. Estava seriamente abalado, quase sem controle de minhas ações. Creio que a presença de Antonin era o que me acalmava um pouco, permitindo que mantivéssemos nosso plano em ação.

Em poucos minutos, chegamos à entrada da aldeia. Antonin gritou seis ou sete palavras, incompreensíveis para mim. De imediato, apareceram sobre a paliçada, a qual cercava a aldeia, dois homens, os quais olharam atentos para aqueles que pronunciavam o que parecia ser-lhes um código de reconhecimento.

Desceram até o portão, o qual foi aberto. Meu coração parecia estar na garganta. Comunicaram-se com Antonin em sua linguagem estranha, enquanto eu apenas contemplava, vidrado com a situação. Percebi que, após a troca de mensagens verbais entre meu amigo e os dois homens, Antonin mostrou-lhes sua marca no braço e fez sinal para que eu fizesse o mesmo. Arregacei então a manga de minha camisa e deixei à mostra o machucado que Antonin me fez com o ferro quente.

Os homens acreditaram na veracidade da marca e deixaram-nos entrar. Acompanhamos os dois. Questionei Antonin sobre o que havia lhes falado, e ele repreendeu-me de imediato:

— Cale-se Estrotoratch! Eu somente disse que éramos membros dos Mutrinig e que possuíamos informações importantes para serem relatadas a Dirck. Disse também que você era mudo, para que não o obriguem a dizer alguma palavra e arruinar nosso plano.

Recordo-me de ter pensado no quanto Antonin era inteligente. Parecia que tinha tudo detalhadamente planejado, não havia absolutamente nada com que eu devesse me preocupar. No entanto, me preocupava, e muito! Não seria possível que fizesse de outro modo. Minha mente sempre possuiu a destreza de acreditar que tudo relativo a mim deve dar errado.

Pouco caminhamos até chegarmos ao centro da aldeia, onde havia enorme palhoça, a qual parecia ser o lugar onde o capitão se alojava. A poucos passos da habitação, os dois homens fizeram sinal para que parássemos e nos mantivéssemos ali. Foram, pelo que pensei, avisar ao líder do bando que o procuravam.

Senti meu sangue ferver nas veias, imaginando que tão perto estava meu inimigo. Antonin mantinha-se impassível, como se não estivéssemos prestes a realizar uma enorme façanha. Não demorou muito para que Dirck apontasse na entrada da palhoça. De início não me reconheceu, pois eu, ligeiramente, desviei o olhar para a direção oposta, fingindo observar qualquer coisa ao longe.

Aos poucos, aproximou-se de nós, vindo primeiramente na direção de meu amigo, que o olhava fixamente, sem sequer piscar. Fiquei muito admirado com o sangue frio de Antonin. No entanto, minha admiração tornou-se completo medo, quando o vi puxar da cintura uma enorme faca e apunhalar três vezes o líder dos Mutrinig, no estômago.

Foi uma confusão geral. Ouvia-se gritos agudos, misturados com o som de espadas sendo retiradas de suas bainhas. Mal pude ver o olhar de ódio estampado na face de todos os habitantes da aldeia. Foquei minha atenção em Antonin, que gritava feito louco para eu fugir, mas eu estava simplesmente paralisado.

Tenho convicção de que meu estado de choque não durou mais do que poucos segundos, tempo suficiente para que meu amigo me puxasse pelo braço em direção à palhoça de que Dirck havia saído pouco tempo antes. De relance, enquanto era praticamente arrastado pelo braço por meu amigo, olhei para trás e vi o capitão deitado de bruços, todo ensanguentado e imóvel. "Está morto", pensei.

Mal fechamos a porta da casinha e vimo-nos cercados por todos os membros daquele odioso grupo. Eram ao menos duas centenas de homens, armados de lanças, facas e espadas, cercando-nos por todos os lados e direções possíveis. Pensei até ouvir o som de uma arma de fogo. Antonin escorou a porta com enorme mesa de madeira, que pesava tranquilamente cinco vezes meu peso. Tentei ajudá-lo na tarefa, no entanto não pude sequer mover um centímetro a mesa do lugar onde se encontrava, deixando que meu amigo se certificasse de nossa segurança sozinho.

Breve segurança, devo dizer. Antonin mal havia colocado a mesa no lugar e já se ouviam fortes pancadas na porta, que estava a ponto de ser arrombada pelos seres enfurecidos que nos davam caça. Eu estava amedrontado, tomado por inúmeros pensamentos, das mais diversas naturezas. Em minha mente, figurava a imagem do capitão caído, ensanguentado no chão frio, do lado de fora da cabana, ao mesmo tempo que comparava a cena com a imagem de Kirsten, deitado do mesmo modo, anos atrás.

Quando regressei à normalidade de meus pensamentos, sabe--se lá quanto tempo depois, percebi que Antonin encarava-me e gritava-me para ajudá-lo. Tentei, de maneira infrutífera, ajudá-lo a conter a porta, já bastante despedaçada. Por mais força que fizesse, não poderia modificar nossa atual situação. Seríamos assassinados, como condenação pela morte de Dirck.

Foi então que constatei a enorme bravura que compunha todo o interior de meu amigo Antonin. Percebendo ele que seríamos pegos e nada poderíamos fazer, disse-me calmamente:

— Meu amigo Estrotoratch, foi um prazer tê-lo conhecido. Por mais que este não seja exatamente o fim que eu esperava ter de encarar em minha sofrida vida, devo confessar que estou feliz. Já havia cogitado tal hipótese, quando arquitetei meu plano, por isso devo dizer-lhe que, embaixo desta cabana, existe um túnel, o quão eu conhecia a existência de antemão. Esperava que pudéssemos fugir por ele juntos, mas o destino quis que assim não fosse. É preciso que eu os distraia e retarde o progresso, enquanto você se lança para longe daqui. Corra, não há um minuto a perder.

Tentei retrucar sua ideia. Debati-me com ele, enquanto me arrastava pelo chão e abria uma portinhola, de onde não se via o menor sinal de luz. Jogou-me para lá, em meio à escuridão. Caí alguns poucos metros e ouvi o som da portinhola fechar-se. Foi a última vez que vi Antonin, o capenga.

Capítulo 24

Obviamente, a primeira reação que tive foi decidir para que lado correr. No entanto, minhas pernas amoleceram-se, como se eu tivesse perdido o controle sobre elas. Com muito esforço, tateei as paredes do túnel até encontrar um caminho, por onde segui a passos lentos, devido à escuridão e à minha fraqueza emocional.

Creio que tenha me mantido nessa situação por centenas de metros. Mesmo embaixo da terra, podia por vezes ouvir os gritos enraivecidos que os membros dos Mutrinig soltavam, por sobre minha cabeça. Ao fim de incontáveis passos, deparei-me com uma porta de madeira, ligeiramente aberta. Não pensei duas vezes: escancarei-a. Uma luz topou com meus olhos, cegando-me momentaneamente.

Deparei-me com uma densa mata, iluminada logo acima pela lua cheia. Recordo-me de ter pensado na beleza daquela cena, mas tais pensamentos não tinham lugar em minha mente, naquele momento. Era preciso fugir, o mais rápido possível.

Corri de maneira desenfreada pela mata. Por distintas vezes acreditei que uma ou duas pessoas me perseguiam, mas logo percebi que estava enganado. De fato, o medo nos engana facilmente; se havia um sentimento que tomava conta de meu ser naquele instante, era o pavor. Por alguns instantes, até esqueci meu amigo Antonin, que deveria ter sido capturado, e provavelmente sua existência já não pertencia mais a esta dimensão.

Após alguns minutos de corrida, saí da mata e avistei as luzes de uma pequena vila. Caminhei na direção dela, questionando-me se seria aquela uma boa ideia. Era muito provável que o primeiro lugar em que meus perseguidores me procurariam seria na aldeola. No entanto, eu tinha fome e estava exausto, física e emocionalmente. Precisava comer algo e descansar.

Alcancei a vila em poucos minutos. Não havia nenhum sinal dos Mutrinig. Tratei de me acalmar e, pela primeira vez, pranteei ao lembrar que meu amigo estava morto. Ele sacrificou sua vida para que eu pudesse continuar a minha. Provou-me, de maneira inquestionável, que era uma pessoa honrada e que para ele mais valia o sucesso do plano do que a própria existência.

Entrei em uma taverna, onde pude comer um ensopado muito mal preparado e bebi um copo de aguardente. A bebida logo começou a fazer efeito, e aos poucos fui esquecendo os fatos ocorridos na noite. Após três copos, perdi a consciência. Lembro-me apenas de ter sido carregado até um canto na taverna, onde fiz companhia para mais dois ou três bêbados que já dormiam há horas.

Acordei sobressaltado, já do lado de fora da taverna. Percebi então o perigo que havia corrido, tendo me embriagado daquela maneira. Estando perseguido e bêbado, era eu uma presa fácil e dócil. Por sorte, ou por obra da Providência, escapei do triste fim que tivera meu amigo Antonin. Haveria de viver alguns anos mais, pensei.

Retornei então para casa, com cuidado redobrado. Não percebi, durante todo o meu regresso até minha morada, qualquer sinal da presença ou da perseguição dos Mutrinig. Alcancei, com moderada facilidade, meu domicílio, onde primeiramente tirei um cochilo, para logo depois comer uma lebre assada.

Desse dia até hoje, aqui estou. Poucas vezes saí e poucas vezes encontrei-me com outros semelhantes meus. Jamais fiz qualquer amigo, senão você, caro Saymon. Nunca fui procurado ou senti-me perseguido por ninguém. Também jamais relatei quaisquer desses fatos a ninguém, senão a você.

Saymon ouvia tudo com tremenda atenção. Parecia paralisado com os últimos relatos do amigo. Talvez estivesse desacreditando de suas palavras, talvez tivesse um interesse maior nesta parte da história. Estrotoratch calou-se, ficou pensativo por alguns instantes. O silêncio reinou durante certo tempo, até que retomou a palavra:

— É esta minha história de vida, Saymon. Talvez não seja a mais complexa e interessante existência já vivida por um homem, mas com certeza é marcada por inúmeras tragédias e decepções. Agora chegou o momento de concluirmos nossa conversa. Diga-me finalmente: o que pensa sobre mim, após tudo o que hoje contei?

— Sem dúvida, meu amigo, seus relatos me impressionaram enormemente, principalmente o último. De tudo o que me disse, posso concluir algo, caro Estrotoratch: certamente é um louco. À medida que relatava suas histórias, eu percebia seu retardadíssimo estado mental. Fatos inescrupulosos, cartas em branco as quais pensava estar lendo, absurdos fantasiosos criados por uma mente doente. Para ser sincero, por vezes acreditei que você não era a pessoa que procurava. porém, aos poucos, o que dizia começava a se encaixar com o que já sabia de antemão. E, para ser sincero, ainda não tenho absoluta convicção de que seja quem eu há tanto tempo procuro. Conheço-o há alguns anos, nos quais foram necessárias muitas observações e paciência. Confesso que fiquei impressionado em tê-lo conhecido. No entanto, mais impressionante será o final de sua história, a qual infelizmente jamais poderá relatar a mais ninguém.

Estrotoratch não compreendeu o que Saymon queria dizer com aquilo, porém não teve tempo para questioná-lo. Seu suposto amigo levantou seu casaco, de onde sacou uma pequena pistola, com a qual disparou três vezes na direção de Estrotoratch, que caiu, ao lado do banco, que trouxera para que Saymon se sentasse e escutasse seus relatos.

Friederich não compreendeu a razão de tudo aquilo. Antes de perder completamente os sentidos, olhou para Saymon, à altura da barriga, e reconheceu a marca que os pertencentes dos Mutrinig carregavam. Ela ficara à mostra no momento em que sacou sua arma, a mesma marca que seu amigo Antonin havia feito em seu braço, quando foram atrás de Dirck. Saymon levantou-se calmamente, montou em seu cavalo e saiu a galope, sem direção determinada.